클로버포천스토어

CloverFortuneStore

혜세의서재

"어서 오세요.

행운을 간절하게 바라셨지요?"

차례

황금빛 일곱 잎 클로버의 전설

아주 먼 옛날, 시간의 흐름마저 멈춘 들판이 있었다. 그곳에는 빛도 없었고, 바람도 불지 않았다. 고요한 들판에는 오직 한 가지 풀만이 자라났는데, 그것은 클로버였다. 처음 이 들판에서 자란 클로버 잎은 세 개였다. 첫 번째 잎은 '희망'을, 두 번째 잎은 '믿음'을, 세 번째 잎은 '사랑'을 뜻했다. 사람들은 그 클로버를 손에 쥐었지만, 내면의 공허는 좀처럼 치유되지 않았다.

그러던 어느 날, 이 세 잎 사이로 네 번째 잎이 돋아난 클로버가 나타났다. 네잎클로버는 '우연한 행운'을 뜻했다. 사람들은 그 희귀한 클로버를 발견하면 어디선가 뜻밖의 행운이 찾아오리라 기대했다. 이와 함께, 내면의 공허를 잊으려고 했다.

수백 년이 흐르고, 다섯 번째 잎이 돋아난 클로버가 나타났다. 다섯 잎 클로버는 '재물의 행운'을 의미했다. 사람들은 마음의 치유보다 물질적인 풍요를 갈망하기 시작했다.

또다시 수백 년이 지났다. 여섯 번째 잎이 돋아난 클로버가 나타났다. 여섯 잎 클로버는 '명예의 행운'을 뜻했다. 사람들은 세상이 기억할 이름과 영광을 추구했다. 그러면서 마음의 치유를 망각해버렸다.

그리고 마침내, 또다시 수백 년 세월의 물결 끝에서 일곱 번째 잎이 피어난 클로버가 모습을 드러냈다. 일곱 잎 클로버는 '기적의 행운'을 상징했다. 신이 잠든 시간에만 피어나는 이 클로버를 발견한 자에게는 삶의 대본을 새로 쓸 권리가 주어졌다. 사람들은 그 클로버를 가슴에 품고, 비로소 내면이 충만해지면서 마음이 치유되었다. 그제서야 멈춰 있던 시간이 다시 흐르기 시작했다. 들판 위로는 따스한 햇살이 내려앉고, 부드러운 바람이 스처 지나갔다.

　그리고 그 순간, 일곱 잎 클로버가 기적의 행운을 허락하듯 황금빛으로 조용히 반짝였다.

CLOVER FORTUNE STORE

1
실연당한 여대생과
황금빛 일곱 잎 클로버

한 여대생이 편의점 알바를 끝낸 후 자취하는 원룸으로 돌아왔다. 끝나지 않을 것 같던 강추위도 어느덧 지나갔고, 이제 봄이 서서히 다가오고 있었다. '지희'라는 이름의 여대생은 봄기운이 마냥 반갑지 않았다. 그녀는 원룸에 들어서자마자 씻고 불을 끈 뒤 곧장 침대에 눕고 말았다. 창문 블라인드가 내려져 있었고, 밖은 어두웠다.

요즘 지희는 아무것도 할 의욕이 나지 않았다. 공부, 독서, 알바, 친구들 만나기… 어느 것도 마음이 가지 않았다. 식욕도 급격히 떨어져서 몸이 무겁고 기력이 없었다. 전공과목만 간신히 들었고, 교양과목은 들을 힘조차 없었다. 하지만 생활비를 벌어야 했기에 편의점 알바는 꾸준히 나가고 있었다.

오늘따라 알바 중에 실수를 자주 했다. 젊은 남성 고객이 주문하는 담배 명칭을 제대로 듣지 못하고 엉뚱한 담배를 내놓았다가 쓴소리를 들었고, 샌드위치를 계산하다 유통기한이 지난 것을 뒤늦게 발견해 여성 고객에게 죄송하다고 고개를 연신 숙였다.

"미리 유통기한 지난 걸 빼놨어야죠? 이거 먹고 배탈이라도 나면 책임지겠어요?"

여성 고객의 냉담한 말에 지희는 가슴이 아팠다. 그녀의 부주의로 생긴 실수가 이어졌다. 손님이 뜸할 때는 졸음이 몰려왔다. 계산대에 얼굴을 박고 잠시 눈을 붙였다. 중년 남성 고객이 "여기요!"라고 외치는 소리에 겨우 깨어났지만, 그 고객은 별다른 불쾌한 표정 없이 "고생 많네요"라며 한마디를 건넸다. 그 말에 지희는 씁쓸하게 웃었다.

계절은 봄으로 향하고 있었지만, 지희의 마음은 아직도 얼어붙은 것 같았다. 그 이유가 있었다. 작년 초가을, 남자친구 선우가 갑자기 연락을 끊었고, 그 어떤 이유도 없이 그는 지희 곁에서 사라졌다. 그녀는 하루에도 수십 번 스마트폰을 들여다보며 남자친구가 카톡이나 인스타그램 메시지를 보내지 않았는지 확인하곤 했다. 스마트폰이 울리면 심장이 쿵쾅거리며 폰을 들여다봤지만, 역시나 남자친구의 폰 번호가 찍혀있지 않았다.

처음에는 짓궂은 장난인가 싶었지만, 점차 불안한 예감이 들었다. 그의 인스타그램 계정도 사용되지 않은 채 방치되자, 지희는 온갖 상상을 하게 되었다.

'혹시 나 몰래 다른 여자친구를 사귀었나?'

'미안해서 변명 한마디 없이 떠날 걸까? 그래서 자주 소통을 했던 인스타그램 계정 사용을 중지해버리고 전화 연락도 끊어버린 걸까?'

그런 어느 날, 이런 생각을 했다.

'혹시 선우에게 무슨 일이 생긴 건 아닐까? 큰 사고를 당했거나 아니면 큰 병에 걸렸을지도 몰라. 선우가 있는 곳만 알면 당장 가서 돌봐주고 싶은데.'

그 모든 추측은 끝내 풀리지 않았고, 그녀의 가슴엔 공허함만이 깊어져 갔다. 그의 빈 자리는 그 무엇으로도 채워지지 않았다. 차츰 우울감이 들면서 선우의 잠수이별로 인해 자신이 실연당했다는 생각이 그녀를 짓눌렀고, 지희는 힘없이 하루하루를 이어갔다.

　지희는 침대에서 뒤척이다가 핸드폰을 들었다. 중단발머리를 옆으로 쓸어 올리고 인스타그램을 열어 여러 팔로워의 계정을 둘러보다가 오랜만에 자신의 계정에 들어갔다. 그녀는 독서한 책 리뷰를 올리곤 했는데, 작년 가을부터 올려진 리뷰가 없었다. 예쁘게 찍은 책 사진과 함께 솔직한 소감을 적어두곤 했었지만, 선우가 지희 곁에서 떠나면서 그 일에 대한 열정이 사라졌다. 마지막에 올린 책 리뷰 사진을 클릭하자, 작년 9월 초가 떠올랐다. 지희가 올린 이탈리아 여성 소설가의 소설 리뷰에 수십 명의 팔로워들이 '좋아요'를 눌러주었다. 그것을 보자니 '좋아요'를 누른 선우의 계정 프로필 사진이 보였다. 말풍선을 클릭하자 선우의 댓글이 나타났다.

이 소설의 배경인 지중해로 같이 여행 가자.
내년 여름에 꼭.

　그 글을 읽자 가슴이 욱신거렸다. 작년 9월 초에 선우가 사라지면서부터 매일 수십 번 넘게 댓글을 봐왔다. 그러면서 그의 계정에 들어가 새로운 글이 올라와 있는지 살펴봤지만, 새로 생긴 변화가 없었다. 혹시 선우가 메시지를 보내오지 않았나 해서 메시지를 열어보기도 했으나 작년 초가을을 끝으로 그에게서 보내온 메시지는 없었다. 낙심이 워낙 컸던 탓에 최근 들어서는 자신의 인스타그램의 계정은 물론 선우의 계정에도 잘 들어오지 않았다. 지희는 선우가 보낸 마지막 메시지를 읽어봤다.

오늘 새벽에 네가 추천한 소설을 다 읽었어. 너무 좋더라.
우리 사랑도 이 소설 속의 남녀처럼 오래 가면 좋겠어.

그다음, 자신이 남긴 메시지를 읽었다.

나도 자기랑 오래오래 함께하고 싶어.♡

그 글을 읽고 지희는 눈가에 눈물이 맺혔다. 그동안 수도 없이 반복해 왔지만, 매번 선우와 마지막으로 주고받은 메시지를 보면 눈물이 멈추질 않았다. 작년 초가을, 갑자기 연락을 끊은 선우에게 수십 번 전화하고 또 카톡 메시지를 보냈지만 이상하게 수신이 되지 않았다. 그녀는 "한 번만 만나서 대화해보자"라고 마지막 카톡 메시지를 보냈었다. 카톡에는 선우와 나눈 대화가 상당히 많았지만 아쉽게도 새로 카톡 앱을 깔면서 대화가 모두 지워져 버렸다. 게다가 어떤 오류 때문인지 폰에 저장된 사진들이 다 사라져 버렸고, 배경화면으로 쓰던 환하게 웃는 선우의 사진도 삭제되어 버렸다. 결국, 그와 함께 찍은 사진이 남아 있는 게 하나도 없었다. 지희는 자신에게 안 좋은 일이 연이어 생긴다는 불길한 생각을 했다.

'선우와의 추억이 담긴 사진만이라도 남아 있었으면 ….'

이제 기억으로만 선우를 추억할 수밖에 없었다. 그의 밝은 미소와 목소리, 그리고 그의 눈빛과 손길 이 모든 것이 기억 속에서만 소환할 수 있었다. 다시는 그를 만날 수도 없으며, 그와 함께 찍은 사진이 다 사라져버렸다. 지희는 스마트폰의 화면을 뚫어지게 쳐다봤다.

슬쩍 손등으로 눈물을 닦아낸 지희는 긴 한숨을 내쉬며 왼손을 들어 이니셜이 새겨진 커플 은반지를 바라봤다.

JH ♡ SW

지희는 반지를 매만지면서 한숨을 내쉬었다. 어디선가 환하게 웃으면서 말을 건네는 선우의 목소리가 들리는 듯했다. "지희야" 그녀는 그리움에 사무쳐 이불 속으로 얼굴을 파묻었다. 그러다가 스르륵 잠이 들었고, 꿈속에서 선우를 만났다.

선우는 어두운 산길을 걸어가고 있었다. 그가 고개를 돌렸고 지희에게 가까이 오라고 손짓했다. 놀란 표정으로 지희가 다가서자, 그가 손에 든 책을 건넸다. 이탈리아 여자 소설가의 책이었다. 그녀가 그것을 받아들자, 선우가 어두컴컴한 산길 속으로 사라졌다. 지희는 목이 메어 그의 이름을 부르며 붙잡으려고 했지만 선우는 돌아오지 않았다. 지희는 통곡하며 쓰러졌다.

새벽, 지희는 축축해진 베개 위에서 눈을 떴다. 꿈에서 선우가 나타나는 일은 종종 있었다. 한데 이번 꿈에서는 특이하게도 지희에게 이탈리아 여성 소설가의 책을 건넸다. 이런 꿈은 처음이었다. 그녀는 침대에서 내려와 방 안에 불을 켠 후, 냉장고에서 생수병을 꺼내 컵에 물을 따라 마셨다. 다시 침대로 돌아오려던 지희는 방향을 틀어 책꽂이로 다가갔다. 작년 가을 이후에 한 번도 책을 읽은 적이 없었다. 그녀는 맨 위쪽 칸에서 그 책을 꺼내 들었다. 이탈리아 여성 소설가의 양장본 소설책『그 여자의 세월』이었다.

지희는 두툼한 양장본 표지를 매만졌다. 푸르른 지중해가 배경으로 펼쳐진 표지 일러스트레이션이 인상적이었다. 무심코 책장을 아무 곳이나 넘겨 보았다. 그때, 작년 초여름에 우연히 동네 공원 옆을 지나가다 발견했던 일곱 잎 클로버가 눈에 들어왔다. 당시, 지희는 네 잎보다 더더욱 희귀한 일곱 잎 클로버를 발견한 것이었다. 행운이 찾아오나 보다 해서 너무나 기뻤고, 속으로 소원을 빌었다.

'선우와의 예쁜 사랑, 오래 변치 않기를 바라요.'

녹색으로 싱싱했던 일곱 잎 클로버가 갈색으로 변해 있었다. 지희는 조심스레 그것을 꺼내 들었다. 갑자기 갈색 일곱 잎 클로버가 눈부시게 빛을 발하더니 황금빛으로 변했다. 곧이어 주위가 환해지면서 눈이 부셨다. 창밖에서 간간이 전해지는 생활 소음이 전혀 들리지 않았다. 진공 상태에 있는 듯했고 벽시계를 바라보니 시계가 멈춰 있었다. 그녀는 눈을 비비고 나서 눈을 떴다.

CLOVER FORTUNE STORE

2

클로버포천스토어로의 초대

밤하늘을 배경으로 환하게 불이 켜진 건물이 나타났다. 4층 건물인데, 1층에서 4층까지 창문이 모두 환하게 불이 켜져 있었다. 건물 뒤로 유성이 긴 꼬리를 끌며 지나갔다. 지희는 알 수 없는 힘에 이끌리듯 천천히 걸어서 그 건물 앞에 다다랐다. 고개를 들어 올려 보았다. 네온사인 간판이 보였다.

CloverFortuneStore

간판 이름이 '클로버포천스토어'로 우리말로 하면 '클로버행운가게'였다. 간판 이름의 중간, 그러니까 영어 '포천' 글자 위에 황금색으로 빛나는 일곱 잎 클로버 엠블럼이 보였다. 그것을 본 지희는 순간적으로 손에 들고 있던 일곱 잎 클로버를 떠올렸다. 오른손 엄지와 검지로 황금빛 일곱 잎 클로버의 잎자루를 쥐고 있었다.

그녀는 손에 쥔 황금빛 일곱 잎 클로버와 바로 앞에 있는 클로버포천스토어가 서로 연관이 있을 것이라고 생각했다. 건물 앞으로 다가간 지희는 출입구의 통유리창 너머로 내부를 흘깃 살펴보았다. 1층 로비 안내 데스크에 네이비색 유니폼을 입은 30대 여성이 서 있는 것을 보고, 그녀는 안심하며 문을 열고 들어섰다.

"반갑습니다. 행운의 황금빛 일곱 잎 클로버를 발견하셨군요."

유니폼을 입은 여성이 말을 건넸다.

"네, 네. 그렇긴 한데요."

지희는 손에 들고 있는 황금빛 일곱 잎 클로버를 보여주었다. 황금빛이 찬연히 빛나고 있었다. 유니폼을 입은 여성이 미소지으며 지희를 맞이해 주었다.

"저는 이곳 클로버포천스토어의 매니저, 정민아입니다. 마스터님에게 모셔드리겠습니다."

"마스터님은 누구고, 왜 절 그분에게 데려간다는 얘긴지…. 그나저나 이게 대체 무슨 일이 일어난 거죠? 꿈이 아닌 생시가 맞죠?"

지희는 주춤했다. 유니폼을 입은 여성이 안심하라는 듯이 지희 허리를 살짝 껴안아 줬다.

"고객님은 행운을 얻으실 겁니다. 고객님은 로또 당첨 확률보다 더 힘든 확률로 행운의 기회를 얻으신 겁니다. 이렇게 좋은 날이 또 있겠습니까? 좋은 일만 기다리고 있으니 긴장을 푸셔도 돼요."

로또 1등 당첨될 확률은 814만 분의 1(1/8,145,060)인데, 일곱 잎 클로버 발견 확률은 2억 5천만 분의 1(1/250,000,000)로 30배 더 어려운 일이다. 일곱 잎 클로버는 '기적의 행운'을 상징한다. 지희가 발견한 것은 황금빛 일곱 잎 클로버로, 앞으로 지희에게 기적적인 일이 생기는 행운이 찾아오는 것을 예감할 수 있었다. 참고로, 클로버는 네 잎부터 행운의 상징으로 여겨진다. 네잎클로버는 '우연한 행운'을, 다섯 잎 클로버는 '재물의 행운'을, 여섯 잎 클로버는 '명예의 행운'을, 일곱 잎 클로버는 '기적의 행운'을 상징한다. 황금빛 일곱 잎 클로버는 4~6잎의 행운을

모두 포함하며, 동시에 그것을 뛰어넘는 '기적의 행운'을 상징한
다.

지희는 황금빛 일곱 잎 클로버를 손에 소중히 쥔 채 여성 매
니저를 뒤따라 1층 복도를 걸어갔다. 곧 '상담실'이라는 표지판
이 걸린 방 앞에 다다랐고, 여성이 노크하자 안에서 "들어오세
요"라는 목소리가 들려왔다. 문을 열고 들어서자, 중년 여성이
소파에 앉아 있었고 편안한 미소를 지어 보였다.

"마스터님, 고객님이 찾아오셨습니다."

"어서 오세요."

마스터라는 중년 여성이 지희에게 자리를 권한 뒤, 매니저
에게 "매니저님, 수고하셨습니다"라고 말했다. 그녀는 마스터의
맞은편 소파에 앉으며, 손에 쥐고 있던 황금빛 클로버를 살며시
소파 팔걸이 위에 올려놓았다. 매니저가 조용히 방을 나서자, 마
스터와 지희는 탁자를 사이에 두고 소파에 앉아 서로 얼굴을 바
라봤다. 마스터는 말쑥한 유니폼을 입고 있으며 말투가 진중한
느낌이 들었다. 이곳은 어딘지 모르게 세련되고 조용한 기운이
감돌았다. 하지만 지희는 혹시라도 안 좋은 일이 생기지 않을까
하는 마음에 손끝을 조심스레 만지작거렸다.

마스터가 지희를 바라보면서 물었다.

"이름이 어떻게 되세요?

"박지희입니다."

마스터라는 중년 여성이 따뜻한 표정을 지었다.

"지희 씨에게 행운이 생깁니다. 황금빛이 나는 일곱 잎 클로버를 발견하셨죠? 그 클로버가 행운을 지희 씨에게 가져다주는 행운의 티켓입니다."

"뭐라고요?"

마스터는 오랜 경력을 갖고 있는 듯 지희의 속마음을 꿰뚫어 보고 그녀에게 여러 가지 부연 설명을 해줬다. 먼저, '클로버포천스토어'의 정체가 무엇인지를 차근차근 설명했다.

"클로버포천스토어는 지구별 사람들에게 기적의 행운을 주는 가게입니다. 저는 이 가게의 마스터이며, 안내를 해주는 분은 매니저입니다. 사람들은 누구나 한 번쯤은 행운을 소망하며, 또 우연히 행운을 맞이하기도 합니다. 우리 가게는 간절하게 행운을 필요로 하는 사람에게 기적의 행운을 제공해주고 있답니다. 우리는 기적의 행운을 줄여서 그냥 행운이라고 하기도 합니다. 오늘은 고객님에게 행운을 주는 날이네요."

지희는 말문이 막혀버렸다. 가장 걱정되는 것을 물어봤다.

"저에게 행운이라니 …. 근데 혹시 나중에라도 행운을 주고 나서, 할부로 금전적인 것을 요구하거나 그러지 않나요?"

"하하하. 절 믿으세요. 저희는 행운을 간절히 필요로 하는 분에게 무상으로 드리는 메신저입니다. 앞으로 좋은 일만 기다리고 있으니 긴장을 푸세요."

마스터는 지희가 이곳을 이해하는 데 도움이 되는 여러 가지 정보를 전달했다. 차츰, 지희는 믿기 힘들지만 이곳이 행운을 조건 없이 주는 가게라는 사실을 짐작할 수 있었다. 어느 정도 안심이 들었으며, 어딘가 모르게 이 가게와 마스터에 대한 신뢰가 생겨났다. 그녀는 조금 전과 달리 편안한 미소를 지었다. 그리고 지희는 '무상으로 행운을 준다'는 말에 마음이 이끌렸다.

"저에게 어떤 행운이 생길까요? 아니, 이 가게에서 어떤 행운을 주실 건데요?"

"이제 그것에 대해 상담을 해봅시다."

자세를 고쳐 앉은 마스터가 입을 열었다.

"고객님은 행운의 기회를 얻었는데 이제 그 행운이 무엇인지 아실 차례입니다. 사실, 그 행운이 무엇인지는 고객이 잘 아실 겁니다. 고객님이 간절히 소망해오던 것이 있지 않습니까? 돈이나 명예, 학업의 성취, 건강, 인간관계 등에서요."

지희가 잠시 생각에 잠겼다.

"저는 돈이나 명예, 학업 같은 것에는 관심이 없어요. 저는 오로지 남자친구를 만나기만 하면 돼요. 작년 초가을에 남자친 구와 연락이 끊겨버렸어요. 그래서 저는 하루하루 너무나 힘들 게 지내왔고, 요즘은 정말 살아갈 의욕이 사라지는 것만 같아요. 그러니까 저에게 행운이 생긴다면, 그것은 남자친구와의 재회 예요."

마스터가 고개를 끄덕였다.

"네, 잘 말하셨어요. 저는 고객님이 바라는 행운이 무엇인지 이미 잘 알고 있었습니다. 간혹 이곳에 찾아온 고객님 중 일부 는 정작 삶에서 간절히 바라던 것을 망각한 채, 로또 1등 당첨 이나 의대 합격, 대통령 당선과 같은 과도한 행운을 요구하기도 합니다. 그럴 경우 저는 고객님을 잘 설득하여 본래 간절히 바 랐던 것을 행운으로 받는 것이 좋다고 말씀드리지요. 만약 제 말을 듣지 않고 과도한 욕심에 사로잡혀 허황된 행운을 요구할 때는 문제가 생기기 마련입니다. 행운이 현실에서 신기루처럼 사라질 수 있고, 설령 행운이 현실로 이루어진다고 해도 후사가 좋지 않아요."

지희는 그 말을 듣고 산신령이 나무꾼의 속마음을 떠보는 '금도끼 은도끼' 이야기가 떠올랐다. 그녀는 정직한 나무꾼 같았고, 앞에 있는 마스터는 산신령 같았다. 이제 앞의 산신령은 정직한 지희에게 금도끼 같은 선물을 줄 건인가? 그녀는 속으로 행운이 찾아오길 빌었다.

마스터는 가만히 지희의 눈망울을 바라보았다.

"이제는 행운이 구체적으로 이루어진 장면을 설계할 차례입니다. 실현 가능성이 높은 장면으로 남자친구와 재회하는 것을 정하면 그 행운이 곧 찾아옵니다. 이와 반대로 실현 가능성이 어려운 장면으로 남자친구와 재회하는 것을 정하면 행운이 실현되는 데 장애 요소가 생겨 행운이 찾아오는 것이 불가능해질 수 있어요."

마스터는 부연 설명을 덧붙였다. 남자친구와 만나는 장면을 설정할 때 두 가지 경우의 수가 있다고 했다. 하나는 지희와 남자친구가 이전에 함께 가본 장소에서 만나는 것이고, 다른 하나는 지희와 남자친구가 한 번도 가보지 않았거나 찾아가기 어려운 장소, 예를 들어 유명 호텔이나 해외 관광지 같은 곳에서 만나는 것이다. 전자는 행운으로 실현되지만, 후자는 행운으로 이루어지기 어렵다고 했다. 이러한 점에서 마스터는 행운이 잘 생기도록 구체적인 장면을 설계하는 '코디' 역할을 한다고 말했다.

지희는 간절한 눈빛을 보냈다.

"저는 남자친구가 저에게 고백했던 여의도 윤중로 벚꽃길에서 재회하는 것을 바랍니다. 이것이 저에게 필요한 행운이에요."

마스터는 흡족하다는 듯이 눈을 깜빡였다.

"그것이면 됐습니다. 이제 지희 씨에게 행운이 찾아올 것입니다."

이리하여 마스터는 그녀가 바라는 행운이 무엇인지를 확인했고, 그 구체적인 실현으로서의 장면을 설계했다. 마스터는 지희가 그 어느 누구보다 간절하게 소망해왔던 것을 행운으로 선물하고자 했다. 모름지기 바라는 행운과 그 구체적인 실현의 장면이 완벽한 조화를 이룰 때 비로소 행운이 실현된다. 이제 지희에게는 어김없이 행운이 찾아올 예정이었다.

마스터가 소파 위에 놓인 인터폰으로 매니저에게 지시를 내렸다.

"조금 후에 고객님이 〈연애와 사랑 양자의 방〉에 올라가니 대기해주세요."

지희는 자신이 다른 곳으로 이동해야 한다는 것을 알 수 있었다.

"〈연애와 사랑 양자의 방〉이라는 곳으로 저를 데려가시려는 건가요? 그곳은 어떤 곳인가요?"

마스터가 친절히 말을 이어나갔다.

"이해를 돕기 위해 설명해 드리죠. 고객님은 사랑하는 남자와의 재회가 행운으로 찾아오길 선택했으므로, 우리 클로버포천스토어의 〈연애와 사랑 양자의 방〉에 입실하게 됩니다. 그곳에서 고객님은 방금 설계했던 행운의 구체적인 장면을 생생하게 오감으로 심상화(Visualization)하시면 됩니다. 이를 '행운 끌어당기기 비주얼라이제이션(Visualization)'이라고 합니다. 그러면 앞으로 현실에 돌아갔을 때, 심상화했던 장면과 똑같이 행운이 벌어지게 되죠. 아주 간단하죠. 〈연애와 사랑 양자의 방〉은 행운을 빚어내는 강력한 우주 에너지가 응축된 곳이라고 보면 됩니다."

지희는 공상과학 영화에서나 나올 법한 이야기를 들었다. 두 눈이 크게 떠졌고 또 안 좋은 일이 생기지 않을지 조바심이 생겨났다. 숨을 고르고 나서 물었다.

"영화 〈인셉션〉에서 꿈과 현실의 경계가 없어지는 것과 비슷하다고 보면 될까요?"

"그렇게 볼 수도 있어요. 꿈과 현실이 뒤섞이는 것처럼, 현실

자체도 때로는 가상처럼 느껴질 수 있죠. 만약 이 세상이 가상현실이라면, 고객님은 그 가상현실의 미래를 원하는 대로 조정할 수 있는 겁니다."

그때였다. 클로버포천스토어 건물에 살짝 진동이 느껴졌고, 이와 더불어 전등이 깜빡거렸다. 몇 초의 짧은 순간이었다. 마스터는 아무렇지도 않다는 듯이 평온한 표정이었다.

"놀라지 마세요. 아주 가끔 이런 일이 있답니다. 크게 신경 쓰지 않으셔도 됩니다."

그러고 나서 조금 전의 이야기를 계속 이어갔다.

"고객님이 〈연애와 사랑 양자의 방〉에 입실한 후 생생하게 행운의 장면을 그려내는 게 왜 필요한지 설명해 드리죠. 저는 행운을 주는 메신저입니다. 마음과 행동으로 간절하고 진실하게 소망을 갈구하는 분들 중에서 한 분을 선택합니다. 즉, 그분들에게 황금빛 일곱 잎 클로버를 발견하도록 해 드리죠. 그다음 간절한 소망만으로는 행운을 얻기 힘들기 때문에 이곳 클로버포천스토어에 초대하고 있어요. 진실한 행운을 정하고 또 그것의 구체적인 실현의 모습을 확정한 후, 〈연애와 사랑 양자의 방〉에서 원하는 행운을 생생하게 심상화 곧 비주얼라이제이션을 하게 합니다. 비주얼라이제이션은 시각을 중심으로 청각, 촉각, 후각, 미각까지 오감을 활용하여 실제처럼 생생하게 느끼는 것을 말합니다. '소원'은 막연히 바라는 것이므로 원하는 행운이 찾아올지 불확실해요. 하지만 행운을 구체적으로 정한 후, 이미 이루어진 것처럼 생생하게 느끼는 비주얼라이제이션을 하면 실제로 행운이 펼쳐집니다."

마스터의 말에서 지희가 주목해야 하는 두 단어는 '소망(Wish)'과 '비주얼라이제이션(Visualization)'이었다. 그동안 그녀는 간절하게 남자친구와의 재회를 '소망'해왔다. 그리고 삶의 의욕을 상실할 정도로 그것에 온 생활을 집중했는데 마치 간곡한 고행과 같았다. 하지만 구체적으로 남자친구와 특정 장소에서 재회하는 모습을 생생하게 심상화하지는 못했다. 그런 지희는 이곳 클로버포천스토어의 〈연애와 사랑 양자의 방〉에서 남자친구와 재회하는 모습을 구체적으로 생생하게 심상화하여 행운 끌어당기기를 할 것이다.

이윽고 지희는 마스터의 방을 나온 후 매니저의 안내를 받아 4층으로 올라갔다. 엘리베이터가 있었지만 계단을 선택했고, 천천히 마음을 가다듬으며 위로 올라갔다. 계단 입구 벽에는 안내 문구가 부착되어 있었다.

고객님, 행운을 얻는 〈양자(量子,quantum)의 방〉에 입실하신 것을 축하드립니다. 양자는 파동(가능성)으로 존재하지만, 고도의 우주 에너지가 응축된 〈양자의 방〉에서 고객님이 소망하는 장면을 이루어진 것처럼 생생하게 심상화하면 양자가 입자(현실)로 즉각 변하게 됩니다. 이를 통해 현실에서 행운이 실현됩니다. 감사합니다.

그녀는 계단을 오르며, '양자라는 게 뭘까? 양자가 입자로 변해서 행운이 생기는 건 무슨 의미일까?'하고 곱씹었다. 연이어 2, 3층을 지났다. 2층과 3층에 여러 개의 방이 있다는 안내판이 눈에 들어왔다. 2층에는 〈부와 성공 양자의 방〉, 〈필승 합격 양자의 방〉, 〈명예와 권위 양자의 방〉 등이며, 3층에는 〈건강과 장수 양자의 방〉, 〈가족 행복 양자의 방〉, 〈중독 끊기 양자의 방〉 등이 있었다. 4층에 올라서자 안내판이 보였다. 〈연애와 사랑 양자의 방〉, 〈화통한 인간관계 양자의 방〉, 〈마음 치유 양자의 방〉 등이 적혀 있었다.

둘이 복도를 걸어가서 〈연애와 사랑 양자 방〉 방문 앞에 멈추었고, 매니저가 문을 열었다. 안으로 들어가자, 밝게 켜진 전등 아래에 푹신한 소파가 한 개 보였다. 창문 밖으로 별똥별이 스쳐 지나갔다. 매니저가 창문 커튼을 내린 후에 전등을 은은

한 조명으로 바꾸었다. 방 안은 차분하고도 포근한 분위기로 변했다.

"여기 소파에 편하게 앉으세요."

지희는 몇 걸음 걸어가서 소파에 몸이 파묻히듯이 앉았다.

"마스터님이 잘 설명하셨을 거예요. 여기에서 고객님이 원하는 행운의 구체적인 장면을 생생하게 심상화하시면 됩니다. 몸의 모든 감각을 동원하여 느껴보세요. 시각과 더불어 청각, 촉각, 후각, 미각을 사용하여 생생하게 이미지를 떠올려보세요."

지희가 걱정스러운 표정을 지어 보였다.

"혹시 내가 생생한 심상화, 그러니까 비주얼라이제이션을 잘하지 못하면 행운이 물거품이 되는 건가요? 내가 생생한 심상화를 잘 해낼지 자신이 없어요."

"그건 걱정하지 마세요. 그냥 눈을 감고 원하는 것을 떠올리기 시작하면 됩니다. 저절로 생생하게 원하는 행운의 장면이 영화처럼 펼쳐집니다. 몸에 힘을 빼고, 일단 심상화하기 시작하면 자연스럽게 생생한 행운 끌어당기기 비주얼라이제이션이 진행되실 거예요."

"아, 그렇다면 다행이네요."

지희는 조금 안도하며 고개를 끄덕였다. 그때, 또다시 전등이 서너 차례 깜빡거렸다. 방 안이 어둑해지면서 건물에서 미세한 진동이 느껴졌다. 매니저는 그것을 대수롭지 않게 여기며 편안한 표정으로 그녀를 바라보았다. 지희는 황금빛 일곱 잎 클로버를 배 위에 올려놓은 후 천천히 눈을 감으려고 했다.

하지만 이번에는 전등이 나가버렸다. 방 안이 어두컴컴해졌고, 건물에서 조금 전보다 더 강한 진동이 느껴졌다. 지희는 갑작스러운 지진을 떠올리며 두려움에 눈을 치켜떴다. 매니저도 당황한 듯 주위를 둘러보았다. 20여 초의 숨 막히는 시간이 지나자 전등이 다시 켜졌다. 매니저가 그제야 이상하다는 느낌을 감지하며 고개를 갸웃거렸다. 그때, 그녀의 핸드폰이 진동하며 메시지 알림이 울렸다. 매니저는 핸드폰을 들어 화면을 확인한 뒤 심각한 표정을 지었다.

"마스터님이 내려오시랍니다."

"대체 무슨 일 때문이죠? 이제 곧 행운이 내게 다가오는 일만 남았는데요."

"그러게 말입니다. 왜 그런지는 마스터님에게 여쭤보세요."

매니저의 안내로 방에서 나온 후 지희는 마스터가 있는 방에 들어갔다. 마스터는 창밖을 바라보다가 심각한 표정으로 등을 돌리면서 혼잣말을 했다.

'아카식 레코드(Akashic Records, 우주 기록)의 방해가 분명해. 지희 고객님의 행운을 방해하는 것 같아.'

마스터는 그녀에게 앉으라고 한 후 탁자 앞으로 걸어왔다.

"행운의 메신저인 내 체면이 말이 아니네요. 아무래도 오늘은 〈연애와 사랑 양자의 방〉에서 행운 끌어당기기 비주얼라이제이션이 힘들겠어요. 전등이 꺼지면 방해가 되어 생생한 심상화를 성공적으로 수행하기 힘들거든요. 그런데 오늘 전등이 꺼지는 일이 생기고 말았네요. 아주 가끔 전등이 깜박거리는 일이 있기는 해도 전등이 나가는 일이 굉장히 드문 일입니다. 더구나 건물 진동도 거슬릴 정도로 강해져서 아무래도 오늘은 안 될 듯 싶네요. 다음에 또 한 번 고객님을 이곳으로 초대할까 합니다. 불편을 드려서 죄송합니다."

지희는 어떻게 된 일인지 어안이 벙벙했다. 마스터는 진중하게 오늘은 행운을 얻을 수 없다고 말했다. 다음 기회를 기약할 수밖에 없었다.

마스터가 지희를 밖으로 데리고 나가려고 자리에서 일어서려 했다. 그때, 마스터의 폰에서 수신음이 울렸다.

"내일 근무하는 파트타이머이죠?"

잠시 누군가와 통화하던 마스터는 전화를 끊고 약간 당황스러운 표정으로 지희를 바라보았다.

"내일 매니저로 근무하는 파트타이머가 병원에 입원해서 당분간 못 온다고 연락이 왔네요. 내일 매니저 자리가 펑크 났는데, 이 일을 어쩌죠? 혼자서라도 영업을 해야 할 것 같네요."

파트타이머라는 소리를 듣자마자 지희는 친근한 느낌을 받았다. 서울에서 자취하며 대학을 다니면서부터 지희는 카페, 편의점, 미술학원 등에서 알바를 해왔다. 학업과 병행해야 하다 보니 파트타임으로 일해온 경험이 있었다.

"저는 파트타임으로 알바를 많이 해왔어요. 혹시 제가 할 수 있는 일이라면 좋겠어요."

마스터가 두 손을 모으면서 그녀를 응시했다.

"지희 씨가 알바를 많이 해오셨나 보군요. 우리 스토어에서 파트타이머가 하는 일은 출입구 앞에서 손님을 응대해주고, 또 행운 끌어당기기 심상화를 하는 양자의 방으로 안내하여 고객의 심상화가 원활히 이루어지도록 곁에서 도와주는 역할을 하는 것입니다. 복잡하거나 어려운 업무는 아니에요. 그런데 이 일은 보수가 없어요. 클로버포천스토어에서 행운을 얻은 고객들이 자발적으로 조금씩 시간을 내어 파트타임으로 일하고 있습니다."

지희가 물끄러미 마스터를 쳐다보았다.

"급여가 없는 게 아쉽긴 하지만 이곳 스토어에서 행운을 얻은 사람이라면 기꺼이 시간을 내어 알바를 할 수 있을 것 같아요. 저도 행운이 예약된 사람으로서 알바를 해보고 싶습니다. 클로버포천스토어의 신기한 세계에 대해 자세히 알 수 있는 기회가 되면 좋겠고요. 다양한 성향의 고객들을 만나는 일이 참 재밌을 것 같아요."

지희가 어떻게 이곳으로 출근하냐고 물었다. 이에 마스터는 현실 세계에서 자신의 방에서 잠을 자는 시간에 지희의 몸에서 그녀의 의식(마음)이 이곳 클로버포천스토어로 출근을 한다고 말했다. 잠을 깨고 나면 꿈을 꾼 것과 같다고 하면서, 파트타임으로 클로버포천스토어에서 일을 하다 보니 잠에서 깨고 나면 평소보다 약간은 피곤할 것이라고 했다. 단, 그녀가 잠을 자는 동안 이곳 스토어로 오기 위해서는 병원에 입원할 정도로 건강에 이상이 생기면 안 된다는 조건이 있었다. 반드시 신체 건강한 상태여야 이곳 스토어로 출근이 가능하다고 했다. 그 말을 들은 지희는 '정말 그런 일이 생길까?'하고 생각했다.

"그럼 지희 씨가 파트타이머로 일하는 것으로 하죠. 출근하는 날은 월, 수, 금입니다. 대신 따로 지희 씨를 초대할 필요가 없겠네요. 지희 씨가 이곳에 출근하는 날에 상황을 봐서 행운 끌어당기기 비주얼라이제이션을 하기로 합시다."

곧이어 마스터는 매니저를 호출했다. 마스터는 이 매니저가 오늘까지 파트타임으로 근무하고 있으며, 앞으로는 다른 사람이 근무하기로 되었다고 말했다. 지희는 매니저의 배웅을 받고 클로버포천스토어 출입구 로비로 천천히 걸어갔다. 오늘부로 그만두게 된 파트타임 매니저가 "꼭 행운을 얻으세요"라고 그녀의 손을 잡고 말해주었다. 지희는 황금빛 일곱 잎 클로버를 손에 들고 스토어의 문을 열어 밖으로 나왔다. 갑자기 주위가 온통 환해져서 눈이 부셔오자 눈을 질끈 감았다.

천천히 눈을 뜨자 익숙한 모습이 보이기 시작했다. 원룸의 벽시계 초침이 째깍째깍 움직이고 있었다. 창밖에서 오토바이가 지나가는 소리가 들려왔다. 여기는 원래 자신이 살던 원룸이 분명했다. 지희는 길게 한숨을 내쉬었다.

"휴."

그녀는 손에 들고 있는 황금빛 일곱 잎 클로버를 유심히 바라봤다. 이 클로버를 책갈피에서 꺼내 손에 드는 순간, 믿기 어려운 일이 벌어졌다. 꿈같은 일이었지만 지금 손에 생생한 물증이 있었기에 자신은 설명할 수 없는 신비한 세계로 초대되었다고 생각했다. 지희는 조심스럽게 클로버를 책갈피에 넣은 후 책을 원래 있던 책꽂이에 다시 꽂아 넣었다. 그다음 침대로 다가가 폰을 들어 날짜를 봤더니 오늘 그대로였다. 아주 짧은 찰나의 시간에 지희는 다른 세상에 초대되어 신비로운 일을 겪었다. 지희의 입에서 간절한 기도가 흘러나왔다.

'제발… 선우를 만나는 행운이 생기게 도와주세요. 클로버포천스토어 마스터님.'

지희는 머리를 감싸 쥐며 침대에 누웠고, 몹시 지친 듯이 깊은 잠속으로 빠져들었다. 이후 그녀는 며칠 간 원룸 밖을 한발짝도 나가지 않았다. 믿기 힘든 신비로운 일이 생긴 자신의 방에서 머물며 또다시 클로버포천스토어를 방문할 수 있길 기다렸다. 하지만 곧바로 초대받지 못했고, 한 주 정도 시간이 흘렀다. 알바를 하고 전공 과목 듣는 것 외에는 하루 종일 집에 있었다. 그러던 어느 날 밤, 그녀가 잠 못 이루고 뒤척이다가 슬며시 잠들었을 때 다시 클로버포천스토어로 출근하게 되었다.

CLOVER FORTUNE STORE

<h1 style="text-align:center">3</h1>

지희의 클로버포천스토어
첫 근무

스토어, 그러니까 황금빛 일곱 잎 클로버를 발견한 고객님들에게 아낌없이 행운을 드리는 클로버포천스토어 너머 밤하늘에 유성의 긴 꼬리가 길게 이어지고 있었다. 스토어 건물의 모든 층 창문이 환하게 밝혀져 있었는데, 마치 기쁜 일이 생길 것 같은 징조와 같았다. 그렇다. 이곳에는 세상의 안 좋은 일이 끼어들 여지가 없는 곳이었다. 이곳은 방문한 고객들에게 무료로 행운을 듬뿍 드리는 곳이다.

박 매니저가 출입구에서 누군가를 배웅하고 있었다.

"행운이 꼭 찾아오시길 바랍니다. 앞으로 꽃길만 걸어가세요.”

“감사합니다. 오늘 꿈같은 일이 벌어졌는데, 어쨌든 저에게
행운이 생기면 좋겠네요.”

그 고객은 남성이었고 얇은 봄 코트를 입고 있었다. 아직 완
연히 봄이 아닌 시점에 그런 차림으로 다니다간 감기 걸리기 십
상이었다. 남성에게는 겨울도 아니고 확연한 봄도 아닌 환절기
시점에 마땅히 입을 옷이 없었다. 겨울 내내 입었던 검정색 롱
패딩은 소매와 목 부위에 묵은 때가 잔뜩 끼어 있어 반짝거리
기조차 했는데, 최근 포근한 날씨가 며칠 이어졌을 때 세탁소에
맡겼다. 남자는 이제 봄 코트 한 벌로 봄을 보낼 예정이었다.

그 고객은 미소 짓는 게 익숙하지 않은 듯했다. 웃는 듯하다
가도 곧 경직된 표정을 지었고, 경거망동이라도 했다가 자신에
게 찾아온 행운이 물거품이 되지나 않을지 걱정했다. 남자는 목
깃을 세워 으슬으슬한 한기를 막아보려고 하며 천천히 걸음을
뗐다.

이 고객에게 어떤 일이 벌어진 걸까? 40대 초반의 솔로인 이
남성은 영화감독 지망생이었다. 이름이 봉준오인 그는 대학 시
절부터 충무로에서 온갖 알바를 해오며 영화감독을 꿈꿔왔다.

그는 진정한 영화감독이 되려면 본인이 직접 시나리오를 완성해야 한다고 생각했다. 20여 년 넘게 고시원에서 살며 영화 시나리오를 창작하는 데 심혈을 기울였다. 그동안 대여섯 편의 장편 영화 시나리오를 탈고하여 몇몇 시나리오 공모전에 응모를 했지만, 1등은 되지 않았고 장려상만 세 번을 탔다. 1등조차 영화화되기가 쉽지 않은 이 바닥에서 그의 작품은 자연스럽게 사람들에게 잊혔다.

최근 몇 년간 그는 자포자기 심정으로 하루하루 연명해왔다. 영화감독이 되려는 꿈은 서서히 그의 뇌리에서 사라졌고, 그 꿈을 좇다가 해류에 떠밀려가는 기분이었다. 그런 그는 최근 중고 책방에서 오래된 〈신춘문예 낙선 소설 모음집〉이라는 기이한 책 한 권을 발견했다. 처음에는 그 책이 현재 자신의 처지와 같은 사람이 자비로 출간한 책이라고 선입견을 가졌다. 한국을 넘어 세계 무대에서 활약할 예비 국제 영화감독인 자신이 읽기에는 격이 떨어지는 것 같았다. 그렇지만 이상하게도 그 책에 손이 이끌렸다.

그는 책장을 넘겨봤다. 그래도 작가라고 책날개에 번듯하게 저자 사진을 실어놓았다. 흑백 사진이었는데 증명사진처럼 딱딱하기 그지없었다. 또다시 그는 선입견이 들었다.

‘이런 작자가 쓴 소설이라면 그저 그렇겠지.’

그는 중고 책의 퀴퀴한 냄새가 진동하는 서가들 사이에 서서 무심코 짧은 단편소설 한 편을 뚝딱 읽어 내려갔다. 제목은 〈하품 같은 오후〉였으며, 하품 나올 정도로 지루하게 주인공의 일상과 내면세계를 그려냈다. 마지막 페이지를 넘기자 눈에 무언가 들어왔다. 일곱 잎 클로버였다. 최소 일 년은 지난 듯 갈색으로 변한 클로버였다. 그것을 보자, 그는 저도 모르게 소리를 냈다.

“행운이 찾아오면 좋겠어. 나에게도 행운이 찾아오면 좋겠어.”

그 순간 클로버가 황금빛으로 빛났으며, 그의 주위의 시간이 정지했다. 그는 노총각으로 어렵게 살면서도 영화감독의 꿈을 간절히 품었고, 생활비를 버는 시간 외에는 오로지 시나리오에만 전념했었다. 간절한 소망과 그것을 이루기 위한 실천을 꾸준히 해온 끝에 클로버포천스토어에 초대되었다.

그는 마스터를 만난 후 ‘국제’ 영화감독이라는 꿈을 접고 ‘한국’ 영화감독이 되는 행운을 바랐고, 유명한 ‘CJB 시나리오 공모전’에 당당히 1등 당선되는 장면을 정했다. 마스터의 코디에 힘입어 구체적으로 행운의 장면을 명확히 설계해야 했기에, 1등 시나리오로 무엇을 정할지 고민했다. 그는 자신이 10여 년 전에

습작했지만 번번이 공모전 예심에서 탈락했던 시나리오를 택했다. 걸그룹이 등장하는 코믹 액션극이었다.

이제 그 노총각에게 한국 영화감독이 되는 행운이 찾아올 것이었다. 자신이 쓴 걸그룹 코믹 액션 시나리오가 공모전에서 1등이 되는 것과 동시에, 특별히 직접 영화 연출을 맡는 행운이 펼쳐질 것이었다.

스토어의 1층 상담실의 창문 너머로 마스터가 밖을 내다본 후 안으로 사라졌다. 마스터는 속으로 '국제 욕심을 버리고 한국을 선택한 게 옳은 선택이었어'라고 말했다. 요즘, 넷플릭스나 유튜브 같은 플랫폼에서 인기 있는 영상물을 만든 제작자들은 모두 국제적인 명성을 얻어 보려고 생각하지만, 사실 그게 그리 쉬운 게 아니었다. 기본적으로 콘텐츠 자체가 국제적으로 보편성을 갖고 있는 것은 물론 독창적이야 하는데 아무나 할 수 있는 일이 아니었다. 그 영화감독 지망생에게는 그게 많이 부족했다. 이번에 황금빛 일곱 잎 클로버를 발견하여 행운을 얻는 기회를 얻었을 때, 그간 많이 힘들었던 그는 어렵지 않게 국제 영화감독을 포기하고 한국영화감독이 되는 행운을 택했다. 현실로 돌아간 그 남자에게 호화찬란한 인생이 기다리고 있음이 틀림없었다.

마스터가 상담실에 딸린 작은 방의 문을 열었다. 그곳에 강아지집과 강아지 장난감, 사료 그릇이 있었다. 강아지집 안에서 잠에서 깬 앙증맞은 몰티즈가 주인을 알아보고 달려들었다. 마스터가 몰티즈를 품에 안고 쓰다듬어주었다.

"럭키야, 심심했지?"

럭키를 안은 마스터가 천천히 소파로 걸어가 앉았다. 그는 럭키의 눈곱을 떼주고 얼굴을 부드럽게 쓸어주었다. 럭키의 두 눈은 하얗게 변해 있었는데 실명을 한 것이었다. 하지만 럭키는 두 눈을 잃었어도 생활하는 데 별다른 지장이 없어 보였다. 후각과 청각만으로도 정상이나 다름없이 먹고 자고 뛰어놀며 주인을 알아보고 졸졸 따라다녔다. 이뿐만이 아니었다. 마스터의 기분을 기가 막히게 잘 알아차렸다. 기분 좋을 때는 덩달아 꼬리를 흔들었고, 기분이 안 좋을 때는 혀로 마스터의 뺨을 핥으며 위로했다. 럭키에게는 눈으로 세상을 본다는 것이 그다지 중요하지 않은 듯했다.

마스터는 그런 럭키가 대견스러웠다. 그는 럭키의 털을 곱게 쓸어준 후 두 눈을 감았다. 캄캄하기 그지없었다. 어디가 어딘지 알 수 없었고, 앞을 보지 못하는 것이 얼마나 힘든 일인지 절감할 수 있었다. 럭키는 이런 난관을 뛰어넘은 것이었다.

두 눈을 감은 마스터는 럭키를 꼭 껴안은 채 심호흡을 했다. 그러자 눈 감은 마스터의 미간 사이에 희미한 불빛이 들어오기 시작했다. 마름모꼴로 여러 가지 색상이 번쩍였고, 곧 사방이 환해졌다. 이어서 눈을 뜬 것처럼 세상이 훤히 보이기 시작했다. 바로 지금 여기뿐만 아니라 사방팔방, 전방위로 세상이 펼쳐졌다.

마치 하늘 위 인공위성의 초고속 카메라로 찍은 듯, 지구별 전체의 모습이 세세히 보였다. 한곳에 집중하면 클로즈업이 되어 더욱 자세하고 생동감 있는 모습이 보였다. 또, 미간에 힘을 주면 시간대를 뛰어넘을 수 있었다. 과거로 갔다가, 미래로 갔다가 자유자재였다. 마스터가 과거의 모습에 집중하면 과거의 모습이, 마스터가 미래에 집중하면 미래의 모습이 펼쳐졌다.

잠시 후, 마스터는 '제3의 눈(The Third Eye)'의 여행을 마치고 천천히 눈을 떴다. 두 눈이 하얀 럭키가 꼬리를 흔들며 여행 잘 다녀왔냐는 듯이 반겨주었다. 마스터는 사랑스러워서 럭키 주둥이에 가볍게 입맞춤을 해주었다. 마스터는 고객이 방문할 때는 작은 방에 럭키를 넣어두었다가, 고객이 없는 한가한 시간에 꺼내어 함께 시간을 보냈다. 럭키가 꼼지락거리면서 풀어달라는 신호를 보내자, 마스터는 탁자 위에 럭키를 올려놓았다. 럭키는 코를 쿵쿵거리며 조심스럽게 움직였는데 절묘하게도 탁자 밖으로 떨어지지 않고 걸었다. 한 걸음만 더 내디뎠으면 아래로 떨어질 뻔했지만, 앞 못 보는 럭키는 신기하게도 그것을 피했다. 이것저것 건드려 보고 냄새를 맡아보고, 가끔 깨물어 보면서 탁자 위를 자유롭게 누볐다.

탁자 위에서 산책을 즐기던 럭키가 갑자기 걸음을 멈췄다. 그러고 나서 낑낑거리며 불안해했다. 그 모습을 본 마스터는 두 가지 가능성을 생각했어. 하나는 럭키가 대변 보고 싶어하는 것. 럭키는 거의 규칙적으로 대변을 보는데 얼마 전에 이미 대변을 봤다. 다른 하나가 확실했다. 럭키가 보이지 않는 눈으로 마스터를 바라보며 자신을 안아 달라는 신호를 보내고 있었다. 마스터는 조심스레 럭키를 안아 들었다.

'그것이 오나 보네. 지희 고객이 방문했을 때 생긴 후 얼마 지나지 않았는데.'

마스터가 럭키를 안고 있자, 부르르 – 하고 진동이 전해졌다. 지진의 전조 증상과 유사한 느낌이었다. 앞을 못 보는 럭키가 미리 진동을 감지한 것이다. 상담실의 전등이 한 번 꺼졌다가 다시 켜졌다. 몇 초가 지나자 모든 것이 정상으로 돌아왔다.

럭키가 편안한 표정으로 꼬리를 흔들어댔다. 마스터는 미소를 지었지만 생각이 복잡했다. 그는 럭키를 작은 방에 넣고 문을 닫은 뒤, 방 밖으로 나왔다.

"스토어에 아무 일이 생기지 않았겠죠?"

박 매니저가 두 손을 유니폼 치마 앞에 모았다. 파트타임으로 알바하는 지희였다.

"진동이 조금 있었을 뿐입니다."

마스터가 로비를 둘러보고 천장을 살펴봤다. 환하게 빛나는 샹들리에가 잘 고정되어 있었다. 마스터는 구석에 있는 2인용 탁자로 가 앉으며 지희 매니저에게 앉으라고 했다. 지희 매니저가 환하게 웃으며 자리에 앉았다.

"박 매니저님, 근무할 만하신가요?"

"네, 전혀 힘들지 않아요."

"필요한 것이 있으신가요? 내가 챙기지 못한 것이 있을지 모르겠네요."

지희가 손사래를 쳤다.

"별말씀을요. 저는 마스터님으로부터 행운을 얻을 사람으로서 파트타임으로 자원봉사를 하고 있는걸요. 이 정도 일은 아무렇지 않습니다. 게다가 현실에서 잠자는 시간을 이용하니 시간 낭비도 없구요."

지희 그러니까 박 매니저는 자신의 원룸에서 잠들 때, 의식이 데이터 전송되듯 이곳으로 이동해 매니저 일을 하고 있었다. 클로버포천스토어의 영업시간은 오후 3시부터 저녁 9시까지였다. 박 매니저는 이곳에서 월, 수, 금 저녁 6시에서 9시까지 3시간 동안 근무하기로 했다. 화, 목과 그 외 시간대에는 다른 파트타이머가 근무를 맡고 있었다. 지희 외에도 행운을 얻은 여러 명의 파트타이머가 교대로 근무하고 있었다. 현실 세계에서는 교대할 때 파트타이머끼리 인사하면서 인수인계를 하는 게 일반적이다. 하지만 이곳 스토어에서는 행운을 얻은 사람에 대한 비밀 유지를 중시하기 때문에, 파트타이머들끼리 서로를 알지 못한다.

마스터가 결심한 듯 말했다.

"원래 클로버포천스토어는 단번에 행운을 얻는 곳이지요. 이곳의 책임자로서 말씀드리지만, 사람들에게 행운을 무료로 드리는 이곳은 당연히 그래야 한다고 봅니다. 누구나 조건 없이 한 번에 행운을 얻을 수 있어야 하는 것이 스토어의 자존심이

걸린 영업 방침입니다. 그런데 최근에 심상치 않은 일이 생기는 통에….'

지희 매니저가 마스터의 표정을 살폈다.

"진동이나 전등이 깜빡이는 것 말씀하시나보죠? 저는 전에 전등이 나가버려서 행운을 다음 기회로 미뤘잖아요. 방금 진동이 잠깐 있었고요. 이런 일이 왜 생기는지 저도 궁금하긴 했어요."

마스터가 먼 곳을 응시하며 회상에 잠긴 듯했다.

"사람들에게 행운을 주는 힘이 있다면, 그것을 방해하는 힘도 있는 법입니다."

지희는 알쏭달쏭했다. 좀 더 친절한 추가 설명이 필요했다.

"클로버포천스토어는 행운이 절실히 필요한 사람에게 황금빛 일곱 잎 클로버를 발견하게 하여 행운을 주지만, 이와 반대로 사람을 정해진 운명에 따라 살아가게 하는 힘이 있는 거랍니다. 이 힘은 정해진 운명에 따라 행운을 허락하지 않지요."

지희가 질문을 했다.

"그렇다면, 운명이라는 게 있나요?"

마스터는 비밀을 털어놓듯이 나지막한 목소리로 이야기를 이어갔다.

　"이 광활한 우주에는 변함없이 관통하는 단 하나의 질서가 있습니다. 별들이 제 궤도를 따라 움직이듯이, 사람도 운명의 궤도를 따라 살아갑니다. 사람의 운명은 우주에 존재하는 과거와 현재, 미래의 모든 사건, 생각, 감정이 기록된 영적 데이터베이스 곧 '아카식 레코드(Akashic Records, 우주 기록)'에 정해져 있습니다. 사람은 자유의지가 있어서 절대적으로 그 기록을 따라가지는 않고 어느 정도 그 기록대로 살아간답니다. 그런데 아카식 레코드가 사람들을 운명에 따라 살아가도록 강력한 힘을 발휘하고 있습니다."

　마스터는 아카식 레코드를 위반하여 스토어를 통해 사람의 운명을 거스르고, 사람들에게 행운을 준다고 했다. 한 사람의 운명은 어느 정도 아카식 레코드에 정해진 대로 흘러가게 되어 있다고 했다. 하지만, '지성이면 감천'이라는 말처럼 지극한 정성과 노력으로 하늘을 감동시켜 하늘의 도움을 얻는 것이 가능하다고 했다. 이는 곧, 타고난 운명을 바꿀 수 있다는 말이다. 클로버포천스토어와 마스터는 이런 입장이다. 이에 대해, 건물을 진동시키고, 전등을 깜박이게 하거나 꺼지게 만드는 일련의 방해 행위를 하는 것은 아카식 레코드가 사람을 운명에 예속시키려고 하는 것이다.

마스터는 10여 분 이야기를 하다가 잠시 멈췄다. 신입 매니저 지희가 이해하기 쉽게 설명하기 위해서였다.

"쉬운 비유를 해드릴게요. 놀이공원의 회전목마 아시죠? 그저 앉아만 있어도 빙글빙글 돌죠. 그런데 회전 속도가 너무 빠르면 쉽게 내릴 수 없어요. 아카식 레코드에 기록된 운명도 비슷해요. 강하게 고착된 운명일수록 벗어나기가 어려운 거죠. 그런데 이곳 스토어는 그 회전목마에서 안전하게 내릴 수 있도록 도와주는 역할을 해요. 운명의 속도를 잠시 멈추게 해주는 거죠. 그래서 행운을 얻는다는 건, 그 운명의 굴레에서 벗어나는 걸 뜻해요."

지희는 그제서야 이해한 듯 고개를 끄덕였다.

"제 경우는 회전목마 속도가 엄청 빠른가 봐요. 원하는 지점에서 내리기가 쉽지 않네요. 반작용으로 전등까지 나가버리는 일이 생겨서 행운 끌어당기기 비주얼라이제이션이 연기되었잖아요."

마스터가 입을 열었다.

"좀 더 깊이 들여다보자면, 지희 씨의 운명과 재회하고자 하는 남자친구의 운명, 이 두 가지를 모두 봐야 합니다. 과연, 누구의 운명 회전목마 속도가 엄청나게 빨라서 행운 얻기가 불가능한지는 두고 봐야 할 듯싶네요."

파트타이머로 근무하는 첫날, 지희는 행운을 주는 클로버포
천스토어에 대한 궁금증이 어느 정도 해소되었다. 그렇지만 여
전히 풀리지 않은 수수께끼가 가슴 한편에 남아 있었다.

'내 운명 때문일까? 아니면 선우의 운명 때문일까? 재회를
방해하는 운명 말이야.'

시계 초침이 째깍째깍 움직이고 있었다. 영업 마감 시간 9시
까지 약 40분 남아 있었다. 고객 한 명 정도는 더 맞이할 수 있
을 정도의 시간이기도 했다. 평소 같으면 마스터가 영업 마감을
준비할 시간이었지만, 오늘은 방 안에 조용히 머무르고 있었다.
신입 매니저 지희는 안내 데스크 뒤에 앉아 창밖을 내다봤다.
밤하늘에 별들이 반짝이고 있었다. 마치 크리스마스트리의 전
구처럼 또렷하게 빛나고 있었다. 지희가 별 한 개에 시선을 고
정하고 있자, 갑자기 그 별이 강하게 빛나더니 이내 사라졌다.
초신성이었다. 별이 태어나 자라고, 화려한 불꽃 쇼를 펼치고 나
서 생을 마감한 것이다.

'우리 삶도 별이랑 닮았어. 태어나서 자라고, 화려하게 꽃피
우다 결국 저물어가는 거겠지. 그 찬란한 시간 속에서 우리는

사랑의 열매를 맺는 거고 …. 대체, 선우는 지금 어디서 뭘 하고 있을까? 우리 사랑도 봄 햇살 같은 기억만 남기고, 초신성처럼 사라져 버리는 걸까?'

그녀가 하염없이 생각에 빠져 있을 때였다. 스토어 출입구에서 인기척이 느껴져 자리에서 일어났다. 문 앞에 모자를 푹 눌러 쓴 남자가 서 있었다. 직감적으로 고객임을 알아차린 지희가 빠른 걸음으로 다가가 문을 열었다.

"어서 오세요. 클로버포천스토어에 오신 것을 환영합니다."

초짜 매니저는 다소 앞서가는 응대 멘트를 하고 말았다. 너무나 반가운 나머지, 클로버포천스토어의 고객 여부를 먼저 확인하는 것을 놓쳐버렸다.

"아차, 제가 중요한 걸 빼먹었네요. 고객님, 황금색 일곱 잎 클로버를 발견하셨죠?"

모자를 푹 눌러쓴 남자는 마스크를 하고 있었다. 고개를 끄덕이는 것으로 오케이 사인을 보내주면서 품속에서 황금빛 일곱 잎 클로버를 꺼내 보였다. 지희는 그가 말하지 않고 고갯짓으로 의사소통하는 것을 보고, 그럴 만한 사연이 있나 보다 생각했다. 어쨌든 이곳 스토어에 방문한 만큼 행운 듬뿍 얻어가길 바랐다.

지희 매니저가 고객을 마스터의 방으로 안내했다. 짧은 순간, 그녀가 모자를 푹 눌러 쓴 남자의 눈매를 슬쩍 살펴봤는데, 어딘가 불안한 기색이 역력했다. 눈동자가 가만히 있지 못하고 좌우로 흔들리고 있었다. 지희는 문을 노크하고 열었다. 마스터는 반갑게 고객을 맞이했다. 고객은 주춤거리며 안으로 들어섰다.

둘은 탁자를 사이에 두고 소파에 마주 앉았다. 간단히 인사를 했는데, 20대 초반의 남자 이름은 이영석이었다. 마스터가 본론에 들어가기에 앞서 어떻게 황금빛 일곱 잎 클로버를 발견하셨냐고 물었다. 청년 고객은 몇 년 만에 창문을 조금 열었는데, 무언가가 날아와서 뺨에 찰싹 달라붙었다고 했다. 떼어보니 그것이 클로버였고, 처음엔 갈색이었는데 금세 황금색으로 변했다고 했다. 고객은 황금빛 일곱 잎 클로버를 마스터에게 보여주고 나서, 조심스레 무릎 위에 올려놓았다. 그러고 나서 마스터의 말에 귀 기울였다.

"고객님이 바라는 행운이 무엇인가요? 제가 그 행운을 얻을 수 있도록 도와드릴 수 있어요."

그가 조심스레 고개를 들었다.

"이건… 꿈이 아니겠죠? 정말 내게 행운을 주시는 건가요?"

"그럼요. 클로버포천스토어는 황금빛 일곱 잎 클로버를 발견한 분들에게 아낌없이 행운을 드리고 있어요. 고객님께 필요한 행운은 무엇인가요?"

그리고 마스터는 스토어에 대해 설명해주고, 이해를 돕기 위해 실제 고객 사례를 들려주었다. 그의 눈빛에 서서히 생기가 감돌았다. 마스터의 말에 매료된 듯, 그는 모자와 마스크를 벗었다. 청년은 원형 탈모였고, 얼굴에는 흉터가 선명했다. 그가 기어들어가는 목소리로 말했다.

"저에게 행운이란… 나에게 이런 짓을 한 놈들에게 복수하는 것입니다. 처절한 복수요."

"복수라니요?"

그의 말은 이러했다. 고등학교 때 이사를 하면서 다른 학교로 전학을 갔고, 그곳에서 그는 학폭이라는 끔찍한 일을 겪고 말았다. 친구 없이 혼자 지내던 내성적인 전학생은 일진들의 먹잇감이 되었다. 그는 일진들에게 괴롭힘을 당하면서 매주 돈을 상납해왔는데, 어느 날 실수로 돈을 건네는 걸 잊었다. 그날 그는 학교 인근의 공터로 끌려갔고, 그곳에서 얼굴에 심한 화상을 입는 끔찍한 고통을 겪었다. 그 일 이후 그는 충격으로 원형 탈모가 생겼고, 두문불출하는 등 정신적 이상 증세를 보이기 시작했다. 세상이 싫었고, 살아가는 것이 너무나 힘들었다. 그는 자신에게 몹쓸 짓을 한 녀석들에게 복수하고 싶다는 생각에 사로잡혔다. 꿈도 자주 꿨다. 예전에는 그날의 악몽이 반복되었지만, 어느 순간부터 꿈의 내용이 180도 바뀌기 시작했다.

그는 피규어 수집을 좋아했는데, 특히 스파이더맨 피규어에 큰 애착을 가졌다. 꿈속에서 그는 스파이더맨이 되어 나타났다. 바람이 휘몰아치는 공터에서 그는 일진 녀석들을 하나씩 낚아채 땅바닥에 내동댕이쳤다. 녀석들은 무릎 꿇고 두 손을 싹싹 비비며 살려달라고 했다. 스파이더맨 복장을 한 그는 으하하 웃음을 터뜨리며 한 녀석을 손가락으로 지명했다. 일진 짱이었다. 그 녀석은 짱답지 않게 살려달라고 애원했다. 스파이더맨은 거미줄을 분사하여 그를 꽁꽁 묶은 뒤 공중에서 휘휘 돌리다가 거미줄을 뚝 끊어버렸다. 녀석은 멀리 날아가 진흙탕에 처박혔다. 그 장면을 본 스파이더맨은 석양을 배경으로 흐뭇한 미소를 지었다. 대충 이러한 스토리의 복수극을 그는 꿈으로 자주 꾸었다.

그는 말을 하다 보니, 스파이더맨 꿈 이야기까지 털어놓게 되었다. 누군가에게 학폭 피해와 그 후의 스파이더맨 복수 꿈까지 모두 말하기는 처음이었다. 20대 초반의 남자는 속마음을 털어놓은 후 후련한 듯 눈물을 흘렸다. 마스터는 그런 고객에게서 진심을 느꼈다. 하지만 안타까움 또한 감출 수 없었다.

"우리 스토어는 밝고 긍정적인 행운을 바랍니다. 행운이 생긴다는 것은 좋은 일이 생긴다는 의미예요. 행운은 결코 누군가에게 피해를 주는 방식으로 주어지지 않아요. 잘 생각해보세요. 고객님에게 찾아온 이 행운의 기회를 어떻게 활용할지를요."

청년은 고집이 셌다. 스파이더맨이 되어 녀석들을 혼내주고 싶다고 완강히 주장했다. 고객이 잘되길 바라는 마스터 역시 쉽게 물러서지 않았다. 마스터가 계속 설득하자, 그가 마지못해 이렇게 말했다.

"정 그러시면… 스파이더맨은 포기하죠. 대신 다른 방식으로 녀석들을 혼내주는 행운이 생기면 좋겠어요."

이런 상황을 한두 번 겪어본 마스터가 아니었다. 마스터는 흉금을 털어놓은 고객과 돈독한 라포가 형성되었다고 자신했기에 끝까지 설득을 이어갔다.

"우리 스토어는 단 한 번도 누군가에게 피해를 주는 걸 행운으로 허락해본 적이 없습니다. 행운을 얻을지, 그렇지 않을지 결정하셔야 해요."

그는 혹시라도 행운의 기회가 사라질까 두려웠다. 그는 잠시 침묵하다가 눈물을 흘리며 입을 열었다.

"절호의 기회인데 복수를 못하다니 너무나 분해요. 흑흑. 저는 지금까지 폐인처럼 살아와서 아무런 희망이 없어요. 이 모양이 꼴로 사회생활을 할 수 있겠습니까?"

마스터는 의미심장한 눈빛을 보여주었다. 그러자 그는 무엇인가를 알아차린 듯했다.

"혹시… 제가 정상인 모습으로 돌아갈 수 있나요? 얼굴의 담뱃불 자국이랑 원형 탈모가 없어질 수 있을까요?"

"당연히 그렇습니다. 이곳 스토어는 고객님들에게 행운을 아낌없이 베풀어주는 곳이니까요."

결국, 그는 '정상인의 모습으로 돌아가는 것'을 행운으로 택했고, 마스터의 친절한 코디를 받아 행운의 구체적 실현의 장면을 설계했다. 스파이더맨을 포기한 청년이 등장하는 무대는 거실이었고, 등장인물은 본인과 엄마, 아빠 세 사람이었다. 그는 말끔한 정상인의 머리와 흉터 없는 얼굴로 거실에 서 있고, 그 모습을 본 부모님이 기쁜 눈물을 흘리며 달려와 와락 포옹하는 것을 행운이 구체적으로 실현된 장면으로 결정했다.

여기서 잠깐, 복수의 꿈을 꾸던 청년에게 어떻게 황금빛 일곱 잎 클로버가 나타났을까? 황금빛 일곱 잎 클로버는 밝고 긍정적인 소망을 간절히 바라는 사람에게만 나타난다. 특히, 간절히 소망을 품고 생활 전반이 그것에 집중되며 꾸준히 그것을 위해 실천하는 사람에게만 나타난다. 사실, 청년에겐 마스터에게 밝히지 않는 일이 있었다. 이에 대해 마스터는 어느 정도 짐작하고 있었다. 방 안에 틀어박혀 지내던 그는 작년 말부터 일기를 써왔고, 비슷한 처지의 학폭 피해자 모임 카페에 가입해 자신보다 어린 학생들에게 조언을 해주곤 했다. 일기에는 거의 매일 자신 때문에 마음고생 하는 엄마, 아빠께 건강한 자신의 모습을 보여주고 싶다는 글을 기도하듯 적어 내려갔다. 카페에서는 자신처럼 무너지지 말라는 생각에, 후배들에게 용기를 북돋는 댓글을 남겼다. "너무 오래 방 안에만 있지 말아요.", "바깥 공기를 조금이라도 쐬면 마음이 가벼워져요." 그 결과, 그에게 황금빛 일곱 잎 클로버가 찾아온 것이었다.

그는 방을 나온 후, 지희 매니저 안내를 받아 엘리베이터를 타고 3층에서 내렸다. 지희 매니저는 〈건강과 장수 양자의 방〉 문을 열고 고객과 들어간 후, 눈을 감고 행운의 구체적인 장면을 실제 이루어진 것처럼 오감으로 상상하기 곧 심상화를 주문했다. 청년이 처음 하는 거라서 잘 될지 모르겠다고 하자, 지희 매니저가 "그냥 소파에 앉아 심상화를 하다 보면 저절로 생생한 이미지가 나타나요"라고 설명해줬다. 고객은 황금빛 일곱 잎 클로버를 소파 팔걸이 위에 올려놓고 눈을 감았다. 그는 보통내기가 아니었다. 행운 끌어당기기 비주얼라이제이션이 시작되자마자, 외투 안주머니에서 스파이더맨 피규어를 꺼내 한 손에 쥐었다. 마음이 복잡했다. 스파이더맨이 공터에 서 있는 장면이 그려졌다가, 엄마와 아빠가 "아들아!"라고 외치며 달려와 와락 안아주는 모습이 그려졌다. 그는 마스터를 속이고 스파이더맨이 되어 복수하고 싶었다. 하지만 점점 그 서슬 퍼런 감정이 눈이 녹듯이 사라지고 있었다. 그 부질 없는 것에 자신이 왜 집착하는 줄 모르겠다는 자각이 들었다. 그의 귀에 "아들아!"라고 외치는 엄마 아빠의 목소리가 들렸다.

그는 스파이더맨 피규어를 다시 안주머니에 넣고, 황금빛 찬란한 일곱 잎 클로버를 두 손으로 고이 감싸 쥐었다. 그다음 마스터와 함께 정한 행운의 장면을 생생하게 심상화를 해나갔다. 시간이 흘렀고, 그는 방에서 나와 마스터와 박 매니저의 배웅을 받으며 스토어를 나섰다.

그 20대 학폭 피해 남자가 현실로 돌아왔을 때 무슨 일이 벌어졌을까? 결론부터 말하면, 마스터의 말대로 그에게 행운이 찾아왔다. 그는 수년간 은둔 생활을 이어온 자신의 방으로 돌아갔는데, '스토어로의 외출'을 하고 돌아와 보니 방 안의 냄새가 장난이 아니었다. 잘 씻지 않았고, 청소도 거의 하지 않아서 코를 찌르는 냄새가 진동했다. 그는 스스로에게 물었다.

'내가 이런 곳에서 어떻게 지냈지?'

그는 창문을 활짝 열어 방 안을 환기시켰다. 밖에는 봄을 재촉하는 따스한 햇살이 비추고 있었다. 그는 황금빛 일곱 잎 클로버를 책상 위, 자신이 가장 애착하는 스파이더맨 피규어 옆에 조심스레 올려두었다. 그러고 나서 쏟아지는 졸음에 침대에 쓰러졌다. 얼마나 시간이 흘렀을까? 찬 기운에 잠에서 깬 그는 창문을 닫았다. 거실에서 익숙한 목소리가 들려왔다. 이 시간대면 규칙적으로 들리는 부모님의 음성이었다. 교사로 맞벌이를 하시는 엄마와 아빠가 퇴근을 했는데, 학교에서 스트레스를 받은 엄마가 점잖은 아빠에게 화풀이하듯 바가지를 긁고 있었다. 그렇지만 엄마와 아빠는 크게 다투는 법이 없었고 화목한 부부 관계를 유지하고 있었다. 폐인처럼 지내는 외아들은 부모님의 가슴에 박힌 대못 같은 존재였다. 이상하게도 부모님의 음성이 반갑게 들린 그는 침대에서 일어나 방문을 활짝 열고 거실로 나갔다.

일반 교사이신 엄마가 교감이신 아빠에게 한소리를 하다, 급작스러운 광경을 보고 놀라는 표정을 지었다. 뉴스에 시선이 고정된 점잖은 교감 아빠가 엄마의 툭툭 치는 손길에 고개를 돌렸다. 엄마, 아빠가 그 청년을 보고 눈물 흘리며 달려와 포옹했다. 숱 많은 머리와 말끔한 뺨을 어루만졌다. 일반 교사이신 엄마는 뺨 중심으로, 교감이신 아빠는 머리 중심으로 수차례 쓰다듬었다. 두 사람이 한목소리로 말했다.

"아들아, 기적이 일어났구나."

CLOVER FORTUNE STORE

그대가 그리워, 그리워

잠에서 깬 지희는 뒤척이다가 자리에서 일어났다. 화장대로 걸어가 의자에 앉아 거울을 바라보았다. 중단발머리를 한 20대 여성의 야윈 얼굴이 보였다. 분명 자신이었다. 어젯밤, 잠을 자는 동안 그녀는 신비로운 클로버포천스토어로 가서 파트타임으로 근무했다. 두 명의 고객이 스토어를 방문했고, 영업 마감 시간이 되어 그녀는 마스터와 인사를 나누고 나서 출입구를 나섰다. 그 순간, 의식이 희미해졌다. 이후, 파트타임 근무를 마치고 현실 세계로 돌아왔다.

지희는 꿈나라 같은 비현실적인 곳으로 갔고, 스토어에서 두 고객이 행운을 얻는 과정을 지켜봤다.

'행운이 찾아오는 것이 분명한 것 같아. 어젯밤 두 고객이 클로버포천스토어에서 행운을 얻는 과정을 지켜봤어. 물론 현실 세계에서 어떤 일이 벌어졌는지 확인을 할 수 없지만 믿어보고 싶어.'

그녀의 논리는 이랬다. 클로버포천스토어의 세계가 믿기 힘든 데도 자신이 분명히 경험했으므로, 그곳에서 고객에게 주는 행운이 실제 현실에서도 일어날 것으로 믿고 싶어졌다. 무엇보다 지희 자신이 행운을 간절히 바랐기에 더욱 그랬는지 모른다.

하지만 그녀에게는 〈연애와 사랑 양자의 방〉에 입실할 기회가 오지 않았다. 이는 곧, 지희가 행운을 얻지 못했다는 뜻이다. 퇴근 인사를 하는 그녀에게 마스터가 가까이 다가와 어깨를 두드렸다.

"사실, 오늘 지희 씨에게 행운 끌어당기기 비주얼라이제이션의 기회를 줘볼까 생각했었어요. 근데 건물 진동, 전등 깜박거림이 생기는 것을 봐서 오늘도 틀렸다고 판단했습니다. 내 촉으로 볼 때는 지희 씨가 '연애와 사랑 양자의 방'에 들어갔을 때 더 강한 건물 진동과 더불어 전등이 꺼지는 일이 생길 거라 봤지요. 좀 더 기다려보는 게 좋겠습니다. 힘내요. 지희 씨."

　3월 중순, 봄을 재촉하듯 화창한 날씨의 토요일이었다. 지희는 커피를 마시며 회상에 젖어 들었다. 작년 이맘때쯤 그녀는 주말 낮에 늘 약속이 있었다. 주중 월, 수, 금 오후 3시에서 7시까지 4시간씩 파트타임으로 편의점 알바를 하고 있던 그녀는 토요일에 자주 선우를 만났었다.

　선우와 사귀기 시작한 작년 초부터 매주 토요일은 온통 그와 함께 하느라 시간 가는 줄 몰랐다. 1시쯤에 만나 서울 시내 구석구석을 걸어 다녔다. 영화관, 카페, 맛집, 미술관, 고궁, 공원 등 매번 새로운 곳을 찾아다녔다. 예전에 지희는 낯선 곳을 찾아가는 걸 좋아하지 않았다. 가끔 과 친구들과 먼 거리의 맛집과 예쁜 카페를 찾았지만 보통은 늘 자주 가던 곳을 반복해서 방문하곤 했다. 망원역과 홍대역 인근을 벗어나는 일이 적었다.

　하지만 남자친구가 생기자, 늘 가던 곳을 가는 것이 오히려 꺼려졌다. 두 손을 잡고 새로운 곳을 방문해 그와 마주 앉아 서로의 얼굴을 바라보는 것이 너무나 가슴 벅찬 순간이었기 때문이었다. 그즈음 그녀는 외모에 부쩍 많은 신경을 썼고, 봄옷을 여러 벌 인터넷으로 구매했다. 이 모든 변화는 선우와 사랑하게 되면서부터였다. 정식으로 사귀자는 확인 없이 자연스럽게 서로를 원했었다.

작년에 지희는 선우와 사귀면서 바이올렛 색상의 원피스를 구입했다. 날씨는 완연히 풀리지 않았지만, 누구보다 먼저 봄을 만끽하고 싶었고, 봄이 왔다는 핑계로 몸매가 드러난 원피스를 입고 선우에게 예쁜 모습을 보이고 싶었다. 그녀는 원래 원피스를 입어 본 일이 없었고, 치마를 그다지 좋아하지 않았다. 계절별로 십여 벌의 청바지를 갖추고 번갈아 입는 것을 선호했는데 편했기 때문이었다. 그런 그녀는 선우에게 예쁘게 보이려고 원피스를 사자, 굽 높은 구두도 사게 되었고, 화장품과 액세서리도 구입하게 되었다.

지희는 슬며시 왼손을 화장대 위에 올려놓았다. 약지에 그녀와 선우의 이니셜이 새겨진 은반지가 반짝거렸다. 이 반지는 그가 고백한 지 100일이 되는 날, 기념으로 해준 거였다. 그녀는 반지를 보자 또다시 호흡이 거칠어지는 것 같아서 자리에서 일어났다. 침대 곁으로 가서 핸드폰을 집어들었다. 여러 곳에서 톡 메시지가 와 있었다.

하나는 독서 모임에서 온 메시지였다.

지희 씨, 새해 봄이 되었는데 산뜻한 마음으로 독서 모임에 나오세요. 신입 회원 두 명이 늘었어요. 매달 마지막 주 일요일 오후에 모이고, 장소와 시간은 예전 그대로입니다.

몇 년 전부터 참가해온 독서 모임의 모임장이 보낸 메시지였다. 작년 1월 초에 인스타그램으로 만난 선우를 오프라인에서 만난 곳이 이 독서 모임이었다. 지희가 회원으로 초대했는데, 평소 틈틈이 독서를 하던 선우가 흔쾌히 응했다. 지희는 자기 얼굴을 SNS에 노출하는 것을 좋아하지 않았다. 책 읽기를 좋아하던 그녀는 자기가 읽은 소설과 미술, 디자인, 에세이 책 표지와 간단한 소감을 인스타그램에 올리는 것이 소소한 취미였다. 인스타그램 계정 프로필에는 바다를 바라보는 자신의 뒷모습 사진이 올라가 있었다.

선우의 얼굴도 알 수 없었다. 그는 인문서, 실용서 그리고 에세이와 소설을 좋아하는 듯했다. 그가 먼저 팔로우하면서 지희도 팔로우를 하며 소통이 시작되었다. 서로 상대가 올린 책 리뷰에 '좋아요'와 댓글을 달아주는 일이 많았고 또 메시지를 주고받기도 했지만, 책에 대한 소감을 주고받는 게 전부였다. 점차 그의 얼굴이 궁금해져서 피드를 살펴보았지만 사진은 없었다. 선우도 자신을 드러내길 그다지 좋아하지 않았다. 그가 올리는 사진 중 요리 사진이 많아서 지희는 선우가 맛집 탐방이 취미인 줄로 알았다. 그녀는 그와 인스타그램으로 소통하면서 자신과 소설 독서 목록이 많이 겹친다는 사실을 알게 되었다. 대중소설과 문학소설들 가운데 그와 읽은 책이 적지 않게 일치했기에 자주 책 이야기를 나눴다.

연남동 북카페에서 열린 독서 모임 날, 지희는 선우를 만나러 가는 길에 가슴이 쿵쾅쿵쾅 뛰는 걸 감출 수 없었다. 독서 모임 신입회원인 같은 나이의 남자 대학생에 대한 특별한 관심 때문이었다. 비슷한 소설 취향을 갖고 있다는 점도 그를 더욱 궁금하게 만들었다. 북카페의 작은 소모임실에서 독서 모임이 열렸다. 지희가 문을 열고 들어갔을 때 그는 자리에 앉아 있었다. 한눈에 그가 선우임을 알 수 있었고, 그녀는 가볍게 목례를 했다. 선우도 눈빛 반짝이며 목례했다. 그날 선우는 모 대학교 3학년이며 컴퓨터공학을 전공하고, 틈틈이 독서를 즐긴다고 했다. 키가 컸다. 그때, 그는 남다른 장래 희망을 소개했다.

"컴공이 전공이지만 제 꿈은 셰프입니다. 어릴 때부터 소소하게 요리하는 걸 좋아했어요. 지금 자취를 하면서 직접 요리를 만들어 먹는 것을 즐기는데, 식당을 차리고 싶은 꿈을 가지고 있어요."

주위에 있는 회원들이 한마디씩 했다. 특이한 진로 변경이라

는 반응부터, "그 꿈을 밀어줄게요", "미리 식당 예약을 해야겠
네요", "한식, 중식, 일식 중 어떤 걸 하고 싶으세요?" 등 다양한
반응이 이어졌다. 독서 모임은 연령 구분 없이 직장인, 약사, 교
사, 대학생, 기업강사 등 아홉 명으로 구성돼 있었고, 생긴 지 얼
마 안 되었다. 인스타그램에서 알게 된 몇몇 사람들 위주로 독
서 모임을 이어가고 있었다. 독서 모임장은 여성 직장인이 맡고
있었는데, 대외적으로 회원을 늘릴 생각은 하지 않고 있었다. 알
음알음으로 알게 된 사람들, 십여 명 정도로 모임을 유지하자는
생각이었다. 선우가 오면서 독서 모임 회원은 열 명이 되었다.

독서 모임 후 뒤풀이가 있는 날도 있었지만, 그날은 모임을
마친 후 곧바로 헤어졌다. 지희의 뇌리에는 컴공을 전공하는 선
우가 어떻게 세프가 되겠다는 걸까 하는 궁금증이 떠나지 않았
다. 시간이 흐르면서 지희와 선우 사이에는 인스타그램과 더불
어 카톡 메시지가 잦아졌고, 그런 어느 날 단둘이 만남이 이루
어졌다. 이로부터 자연스럽게 만남이 이어지면서 서서히 사랑
이 싹트기 시작했다. 얼마 후, 선우는 정식으로 고백했다.

그 일 이후로, 지희에게 선우는 그냥 '좋아하는 사람' 그 이상
이었다. 마치 자기 일부처럼 느껴졌다. 그래서였을까? 하루 종
일 그녀의 머릿속엔 온통 선우 생각뿐이었다. 매주 서너 번 만

났으며 하루에도 수십 개의 카톡, 인스타그램 메시지를 주고받았다. 매일 아침 그녀는 눈을 뜰 때 왠지 모르게 웃음이 나고 기분이 들떴다. 하루하루가 새롭고 축복처럼 다가왔다.

하지만 작년 초가을, 선우가 갑자기 연락도 없이 종적을 감추고 말았다. 독서 모임에도 나타나지 않자, 지희는 그 충격으로 독서 모임에 나가지 않았다. 자주 소통하던 독서 모임 단톡방에서도 나와 버렸다.

또 하나는 엄마가 보낸 메시지였다.

딸, 요즘 연락도 없고 잘 지내는 거니? 밥은 꼬박꼬박 잘 먹고 있지? 졸업 학년인데 열심히 공부해서 취직해야지. 엄마는 딸이 잘할 거라고 믿어. 파이팅.

울컥했다. 엄마는 그녀가 실연의 아픔을 겪고 있다는 걸 모르고 있었다. 아마 엄마는 졸업학기인 지희가 알바하면서 공부하느라 바쁜 줄 알고 있을지도 모른다. 지희는 엄마에게 답 메시지를 보낸 뒤, 다른 카톡 메시지를 열어봤다. 과 친구 수진이었다.

지희야, 오늘 뭐하니? 약속 없으면 나랑 새로 생긴 브런치 카페 갈래? 소문으로는 네가 실연당해서 힘들다고 들었는데, 그거 잠시야. 내가 경험 많잖아. 이따 시간 되면 봐. 풍부한 경력자로서 내가 도움이 될까 하거든.

살짝 웃음이 지희 입술 사이로 새어 나왔다. 그녀는 창가로 시선을 돌렸다. 작년 초가을부터 창문 블라인드가 내려져 있었는데, 한번 내린 블라인드는 다시 올려야 할 이유가 없어졌다. 울적해진 지희는 어두운 방 안에 있고 싶었다. 그녀는 창가로 가서 조심스레 블라인드 사이를 살짝 벌려 밖을 내다봤다. 공기가 다소 차가운 듯했지만, 확연히 밝고 환한 날씨의 토요일이었다. 두터운 외투가 거추장스러워졌고 얇은 외투를 걸치고 다니다 낮에는 그마저도 벗고 다닐 수 있는 날씨로 보였다. 여느 해보다 올해는 봄이 일찍 찾아온 듯했다. 지희는 벌렸던 블라인드 틈새를 천천히 닫아 내렸다. 누군가에게 카톡을 보낸 후 샤워를 하고 간단히 화장했다. 그리고 편한 청바지 차림으로 외출 준비를 마쳤다. 그때, 카톡 메시지가 왔다.

카톡 보낸 지 두 시간이 지나도 답이 없어서 너와 약속 못 잡겠구나 싶었어. 그래서 내가 다른 약속을 잡아버렸는데 어쩌지? 지금 친구들이랑 단체 미팅 건으로 강남역 포차 가는 중인데 혹시 시간 되면 합석해도 좋아. 네가 오면 분위기도 더 좋아질 것 같아. 너, 예쁘잖아. 상대 남자애들이 진심 좋아할 걸?

지희는 당황스러웠지만 심호흡을 하고 "오늘은 집에 있고 싶어"라며, "재밌는 시간 보내"라고 카톡을 보냈다. 그러고 나서 무선 이어폰을 귀에 끼우고 야구모자를 쓴 후 무작정 밖으로 나왔다. 작년부터 헤어나올 수 없었던 아이유의 '밤편지'가 흘러나왔다. 지희는 속으로 "그리워 … "를 계속 되뇌었다. 이 노래를 들으며 숱하게 많은 날을 눈물을 흘렸었다. 그녀는 모자를 푹 눌러쓰고 지하철로 향했다. 토요일 오후 2시경, 거리에는 많은 연인들이 눈에 들어왔다. 신학기의 3월 토요일, 망원역 거리에는 온통 연인들의 천지였다. 그녀는 슬쩍 눈물이 났다. 사실, 연인이 많은 것이 아니라 그녀의 눈에는 연인만 들어온 것이었다. 지하철역 앞에서 걸음을 멈춘 지희는 방향을 돌렸다. 선우가 자신이 사는 동네에 찾아올 때 들르던 카페가 떠올랐다. 골목 안에 있는 작은 카페였고, 늘 커플들로 만석이었던 곳이었다.

골목 안으로 걸어 들어가 그 카페 앞을 지나갔다. 카페 작은 유리창 너머로 한 커플이 대화하면서 웃는 모습이 보였고, 또 다른 커플이 막 출입문으로 들어가고 있었다. 지희는 못 본 척 하고 고개를 돌려 걸음을 재촉했다. 작년에 선우와 연락이 끊긴 후 서너 번 이곳을 지나친 적이 있었는데, 그 후로는 오랜만이었다. 혹시나 그가 이곳에서 자신을 기다리고 있지 않을까 기대하며, 카페 앞에 왔었다. 어떤 날은 그가 다른 여자와 함께 그곳에 있지 않을까 조바심이 나기도 했었다. 선우와 자주 앉던 탁자에는 다른 커플이 앉아 있었다. 이제 그 카페는 예전처럼 정감있게 다가오지 않았다.

지희는 지하철역으로 돌아와 홍대로 향했다. 합정역에서 2호선을 갈아탔다. 작년, 선우와의 연락 두절 상태가 길어지자, 우울감에 빠져든 그녀는 잠수이별로 실연당했다는 생각에 사로잡혔다. 한동안 실연의 슬픔에 허우적대던 그녀는 더 이상 실연당한 채로 내버려지는 게 싫었다. 결국 선우의 연락이 끊긴 두 달쯤 뒤, 집 근처 피트니스센터에 등록해 운동을 시작했다. 모자를 푹 눌러쓴 채로 그곳을 다녔는데, 한 달 정도 다니다가 그만두고 말았다. 운동할 의욕이 좀처럼 생기지 않았다. 땀을 흘리며 트레드밀을 달리고 기구 운동을 하다 보면 잊힐 줄 알았지만, 그게 그리 쉬운 일이 아니었다. 늘 울적하던 그녀는 결국 포기하고 말았다. 이후로 만사가 귀찮아진 그녀는 몇몇 학교 강의를 듣고 파트타임 편의점 알바할 때만 빼고는 쭉 원룸에서 지내왔다.

홍대역에서 내린 후 경의선숲길로 걸어갔다. 수없이 많은 연인들이 산책하고 있었다. 지희는 발걸음을 옮겨 연남동 카페 거리로 향했다. 독서 모임을 하던 북카페가 있는 골목으로 들어섰다. 연인들의 계절이었고, 연인들의 거리였다. 그녀는 모자를 푹 눌러쓴 채 옆으로 지나가는 숱한 연인들을 곁눈질하며 바라봤다. 어느 한 커플 예외 없이 서로 웃으면서 대화를 나누고 있었는데 그게 사랑의 증표인 듯싶었다. 지희 역시 그랬다. 선우와 함께 있으면 절로 웃음이 났고, 가슴이 벅찼으며, 그와의 대화가 끝없이 이어졌다.

어느덧 북카페 앞에 도착했다. 언제나 그렇듯 내부는 손님들로 바글바글했다. 봄이 다가오는 신학기, 그곳에는 젊은 연인들이 가득했으며 몇몇 솔로들은 혼자 책을 읽고 있었다. 그곳은 젊은 여성이 혼자 책을 보고 있는 게 어색하지 않은 공간이었다. 그래서인지 지희와 같은 여대생들이 이어폰을 하고 독서하는 모습을 자주 볼 수 있었다. 그녀도 선우를 만나기 전에는 그랬다. 주말이면 이곳을 찾아 공부하거나 좋아하는 소설책을 읽었다. 지희는 2학년 때까지 몇 번의 소개팅을 했고, 두 명의 남자 대학생과 짧게 사귀다가 헤어졌다. 남자친구가 없다는 게 크게 신경 쓰이지 않았던 그녀는 주말마다 이곳을 찾곤 했다. 물론 학과 친구들과 이곳에서 만나기도 했지만, 대부분의 시간은 혼자였다. 그게 편했다. 대부분 사람의 시선은 책에 고정되어 있었고, 꽤 많은 사람들이 혼자였기 때문에 그녀도 자연스럽게 그 공간에 녹아들 수 있었다.

창가에 빈자리가 하나 보이자 지희는 안으로 들어갔다. 아이스아메리카노가 나오는 동안 책꽂이에서 소설책 한 권을 꺼내 자리에 와 앉았다. 곧이어 커피를 들고 온 그녀는 슬쩍 고개를 들어 밖을 내다보았다. 화단에 있는 목련 나뭇가지에 꽃봉오리가 맺혀 있었다. 얼마 지나지 않아 꽃이 만개하여, 이 계절의 주인공처럼 한껏 자신을 뽐낼 것이다. 책이 좀처럼 읽히지 않았다.

지희는 이곳에서 열린 독서 모임에서 처음 선우를 만났고, 이후 선우와 이곳에서 따로 만나기 시작했다. 처음 만남은 독서 모임 회원으로서였지만, 서서히 둘의 만남이 사적으로 변해 갔다. 선우는 소설을 주제로 대화를 나누고 싶다는 핑계로 이곳에서 그녀를 보자고 했다. 지희도 관심 있는 소설책이었고, 같은 독서 모임 회원이었기에 따로 만나는 게 큰 부담이 되지 않았다. 책 이야기를 하면서 개인적인 이야기도 나눴는데 싫지 않았다. 지희는 몇 차례 이곳에서 독서 이야기를 하는 동안 선우가 자신에게 호감을 갖고 있다는 것을 눈치챘다. 차츰 그녀도 동갑인 선우에게 호감이 생기기 시작했다. 자연스레 둘은 다른 곳에서 만남을 이어갔다.

그러던 작년 4월 초, 여의도 윤중로에서 둘이 만났다. 선우가 그곳에서 보자고 했는데, 그녀가 막상 가보니 온통 연분홍 벚꽃 세상이었다. 거리 곳곳에 벚꽃이 흐드러지게 피어 있었고, 서둘러 핀 벚꽃 잎들이 바람에 날리고 있었다. 벚꽃 비가 내리는 거리에서, 선우는 지희에게 꽃다발과 작은 향수를 주며 고백했다.

"지희야, 너랑 같이 있는 시간이 너무 행복해. 앞으로 너랑 책 이야기를 더 많이 나누고 싶어. 우리 사귀지 않을래?"

서로 마음에 들어 자주 만나왔지만, 이렇게 고백한 건 처음이었다. 지희는 울컥하며 날아갈 듯 기뻤다. 선우는 지희를 가볍게 포옹했다. 지희는 웃으며 선우의 손을 잡았고, 둘은 벚꽃길을 함께 걸었다.

지희는 어제처럼 생생하게 그날을 떠올렸다. 따사로운 봄 햇살이 그녀의 얼굴을 비추었고, 옆에 앉은 대학생 커플이 꽁냥거리고 있었다. 그들의 자연스러운 스킨십이 오늘따라 지희를 몹시 울적하게 만들었다. 그녀는 책장을 덮고 자리에서 일어났다.

경의선숲길을 걸었다. 선우와 여러 차례 함께 걸었던 그 길이었다. 양버들 사이로 난 산책길을 걷다 보면, 이야기가 끝없이 흘러나오곤 했다. 이곳 산책로는 연인들의 마음속 이야기를 술술 풀어내게 하는 마법을 가진 듯했다. 지희는 연인들 사이를 지나며 산책로를 걸어갔다. 선우와 함께 자주 앉았던 벤치로 향했는데, 아무도 없었다. 앞에는 얇은 연못이 있었고, 선우와 지희는 그곳을 바라보며 대화를 나누곤 했다. 그녀는 벤치에 앉아 스마트폰을 바라보았다.

"요리사가 되겠다는 네 꿈, 여전히 유효한 거야?"

선우가 지희를 바라보며 미소 지었다.

"그래, 공대 3학년으로서 쉽진 않지만. 실은 그 꿈을 위해 자퇴했어."

"정말로?"

"셰프가 되기 위해 얼마 전에 요리 학원에 등록했어. 부모님한테는 말씀 안 드렸어. 내가 결정한 일이니까. 나중에 아시면 큰일 나겠지."

"졸업하고 직장 다니다가 천천히 준비할 수도 있지 않겠니?"

"그동안 대학교도, 학과도 부모님 만족을 위해 선택한 삶이었어. 이름 있는 대학교, 취직 잘 되는 학과… 다 부모님이 원했던 길이지. 나는 컴퓨터공학이랑 잘 안 맞아. 요리할 때 살아 있다는 게 느껴져. 그래서 과감히 중퇴했어.”

지희는 걱정스러운 표정을 지었다.

“잘되어야 할 텐데…. 선우가 용기 있게 꿈을 좇는 걸 보니까 많은 생각이 들어. 사실 나도 취직 잘된다는 이유로 시각디자인과에 왔어. 원래 유화에 소질이 있었지만, 화가로 사는 게 막막했거든. 나도 선우 많이 응원할게.”

경의선숲길 주위에는 맛집이 참 많았다. 선우와 함께 방문할 때마다 그는 자신도 이렇게 맛있는 음식을 만드는 작은 식당을 하고 싶다고 말하곤 했다. 특히, 퓨전요리에 관심이 많았다.

“틀에 박힌 양식, 한식, 일식을 나누는 거 싫어. 불고기와 멕시칸 타코를 접목한 불고기 타코나, 고추장을 넣은 고추장 스파게티, 김치를 다져 넣은 김치 퀘사디아, 마라소스를 활용한 마라감바스 같은 새로운 요리를 만들고 싶어.”

지희는 고개를 들어 주위를 둘러보다가 선우와 함께 찾았던 한 식당에 시선을 멈췄다. 갑자기 그의 목소리가 들리는 듯했다.

“지희야, 먼저 왔구나. 식당 안에서 기다리지? 안 추워?”

그의 환한 미소가 크게 확대되었다. 지희는 절레절레 고개를 저었다. 바로 앞에 얇은 연못의 투명한 수면 위로 구름이 지나가고 있었다. 그녀는 무언가 생각난 듯 급히 자리에서 일어나 연못으로 다가갔다. 물속을 들여다보니, 작은 조약돌 사이에 백 원짜리 동전 두 개가 보였다. 작년에 이곳에 온 지희와 선우가 넣은 것이다. 4월 초, 윤중로 벚꽃길에서 고백을 받은 후 이곳에 와서 벤치에 앉아 대화를 나누던 중, 지희가 말했다.

"선우야, 우리 사랑 변치 않길 바라는 마음으로 이 연못에 동전을 넣자."

그녀는 갖고 있던 백 원짜리 동전 두 개를 연못 가장자리에 조심스럽게 넣었다. 이후 이곳에 올 때마다 확인하곤 했는데, 다행히 동전은 사람들의 눈을 잘 피해 그 자리에 그대로 있었다. 하지만 작년 9월 초 선우의 연락이 끊긴 뒤로는 다시 찾지 않았다. 힘든 시간을 보내던 지희는 혼자 오는 일이 없었다. 그녀는 작년 그와 보낸 겨울, 봄, 여름이 너무나 그리워 가슴이 복받쳤다.

'대체, 선우는 왜 연락을 끊어버린 걸까? 떳떳이 그 이유라도 말해주고 헤어졌다면, 더 이상 그리워하지 않을 수 있었을 텐데. 말 못 할 사정이 있었던 걸까? 혹시 어떤 사고라도? 아, 정말 잊으려고 해도 잊히질 않아.'

그녀는 '잠수이별'이라는 결론을 스스로 내렸지만, 여전히 마음 한편에서는 불안과 의심이 떠나지 않았다. 정말, 그가 그렇게 떠나버린 것일까? 아니면, 무슨 일이 생긴 걸까? 그 불확실함이 그녀를 더 괴롭혔다.

CLOVER FORTUNE STORE

5
몸이 불편한 남편을 둔 아내

잠에서 뒤척이던 지희는 시공간을 뛰어넘어 클로버포천스토어로 출근했다. 말쑥한 유니폼을 입은 지희는 경력 파트타이머답게 울적한 기분을 감추고 상냥한 표정을 지으려고 애썼다. 그녀는 편의점 알바를 하는 파트타이머로서 최대한 고객에게 좋은 인상을 주려고 노력해 왔다. 전 공무원이자 현 편의점 점주인 사장님 아저씨가 별도로 알바생들에게 "상냥하게 웃어라, 친절하게 응대해라"는 지시를 내리지 않았지만, 그녀는 여러 알바를 해오면서 본능적으로 자신이 어떻게 고객을 대해야 하는지를 깨달았다. 그녀는 '미소는 마음의 벽을 허문다'라는 말을 가슴에 새기고 있었다.

지희는 언제나 괜한 오해로 마음을 다칠까 조심스러웠다. 그녀는 자신을 지키기 위해 웃으려고 노력했다. 컴플레인 고객이나 악성 고객의 거친 고함을 사전에 차단하기 위해서였다. 물론 백 퍼센트 효과가 있다고는 말할 수 없지만, 실제로 성격상 알바생에게 화를 잘 내는 악성 고객이 입이 근질거릴 때 지희의 미소를 보고는 슬쩍 꼬리를 내리는 일이 종종 있었다.

"알바생이 깜박했나 봐. 그럴 수도 있죠."

"카드 결제가 늦어지는 걸 보니 기계에 문제가 생겼나 보군요. 천천히 하세요."

"아, 참. 편의점에서는 깎는 게 안되죠? 맞다, 그렇죠?"

지희는 최대한 바른 자세로 앉으려고 노력했다. 구부정한 자세로 있다가 고객이 보면 안 좋은 인상을 줄 수 있다는 걸 알고 있었기 때문이다. 그녀도 피곤할 때는 어쩔 수 없이 자세가 구부정해지기도 하지만, 근무 초반부터 그런 자세를 하는 건 아니라고 생각했다. 이렇게 지희의 두 번째 클로버포천스토어 파트 근무가 시작되었고, 밤하늘에는 무수히 많은 별들이 반짝거리고 있었다.

그 이름처럼 신비로운 클로버포천스토어, 오늘은 또 어떤 고객에게 행운을 한 보따리 내줄까? 오늘도 예외는 아니었고, 행운을 고대하는 한 고객이 스토어를 방문했다. 그 고객은 가난한 부부의 젊은 아내였다. 30대 중반인 부부의 살림살이 형편이 썩 좋지 못했다. 평범한 직장을 다니는 부부는 저축할 여유가 없었기에 은행 대출을 받아 허름한 빌라 5층에서 신혼살림을 시작했다. 남편은 택배 기사로 오전 9시부터 저녁 9시까지 열심히 일하며 월 400만 원을 벌었고, 아내는 주민센터에서 일하고 있었다. 부부는 경기권에 자가 아파트 한 채를 구입하는 것을 목표로 부지런히 일하며 돈을 아끼고 또 아껴 저축해 나갔다. 주말마다 남편은 미지의 행운을 바라며 로또 복권을 사는 게 낙이었다. 하지만 아파트를 장만하는 일은 결코 쉬운 일이 아니었다.

"이번 생은 틀렸어. 자가 아파트는 꿈인 것 같아."

푸념처럼 마른 체형의 남편은 중얼거리곤 했다. 남편은 식사도 차 안에서 간단한 햄버거나 김밥으로 때우는 일이 많았고, 바쁘게 배달을 하다 보니 갈수록 살이 빠지고 있었다. 하루는 주민센터에서 친절하게 서류 발급을 하는 아내가 남편의 앙상한 광대뼈를 매만졌다.

"그래도 할 수 있을 때까진 해봐야지? 안 그래? 내가 자기 외모 보고 결혼한 거 아니라는 거 잊었어? 내가 자기 책임감 하나

보고 결혼했다구. 자기야, 우리 아기 낳을 때쯤이면 꼭 자가 아파트를 장만하자. 아자아자."

남편은 그 말을 듣자마자 곯아떨어졌다. 그런 남편을 볼 때마다 아내는 매일 의자에 앉아서 서류를 발급하는 자신의 일이 너무 편한 일이라는 걸 자주 깨달았다. 가끔 서류 작성에 서툰 사람들이 자신이 잘못해놓고도 직원이 서류 발급이 불가하다고 하면 주민센터장에게 불친절하다며 민원을 넣겠다고 으름장을 놓을 때가 있었다. 그럴 때면 아내는 '이런 일은 오래 할 게 아니야'라고 생각하며, 대학교 시절 대기업에 입사해 폼나게 다니는 걸 꿈꿨던 자신을 떠올리곤 했다. 하지만 남편을 만난 이후로는 취업 공부 대신 연애에 몰두하게 되었다. 가끔은 '연애와 대기업 취업, 둘 다 손에 넣었다면 더 좋았을 텐데'라는 생각이 들었다. 그래도 아내는 요즘같이 취업이 어려운 현실 속에서 일할 수 있는 것만으로도 감사해야 한다며 스스로를 다독였다.

남편은 과로가 축적되고 있었다. 그도 자신의 건강 상태가 점점 나빠지고 있음을 알고 있었지만, 조금이라도 젊을 때 목돈을 모으겠다는 결심을 굽히지 않았다. 그는 책임감 강한 성격상 아내와 미래에 태어날 아이를 위해 열심히 일했다. 하지만 불의의 사고가 닥치고 말았다. 서울 외곽의 엘리베이터 없는 오래된

6층 빌라에 생수 4팩을 배달하다가 디스크가 터지고 말았다. 2리터짜리 생수 6개가 한 팩인데, 그는 무리하게 두 팩을 등에 지고 나머지 두 팩을 각각 왼손과 오른손에 들고 계단을 올랐다. 시간을 절약하기 위해서였지만, 이렇게 무리한 적이 한두 번이 아니었다. 그날은 컨디션이 좋지 않아 식은땀이 자주 났다. 그가 계단을 올라 3층에 도착했을 때, 발을 헛디뎌 순간 척추에 찢어질 듯한 통증이 느껴졌다. 더 이상 배달할 수 없다고 판단한 그는 회사에 긴급 호출을 해 다른 직원을 대신 투입했고, 자신은 응급실로 실려 갔다. 하반신 마비 증세가 나타나 수술을 받은 뒤 병원에 입원했다. 퇴원 후에도 이동할 때는 휠체어에 의존해야 했다. 엎친 데 덮친 격으로 그가 속한 택배 회사는 산업재해로 인정하지 않아 치료비 전액을 부부가 부담해야 했다. 이제 그는 가장으로서, 책임감 강한 남편으로서 아내를 위해 해줄 수 있는 일이 하나도 없었다.

그는 집 안 침대에 누워 있는 일이 많았다. 거동이 쉽지 않았고, 아내에게 신세를 지는 것도 싫어서 침대에만 머물렀다. 봄 햇살이 거실에 내리쬐는 어느 날, 그는 침대에 옆으로 누워 두 다리를 조몰락거렸다. 혹시나 신경이 살아날까 해서 연신 두 다리를 매만졌지만, 아무런 느낌이 없었다. 그는 속으로 울음을 삼켰다.

그때, 창문 너머로 어린아이들의 웃음소리가 들려왔다. 그는
어렵사리 몸을 움직인 후 고개를 돌려 창밖을 바라보았다. 어린
아이들이 공놀이하며 깔깔거리며 웃고 있었다. 순간, 그는 자신
도 모르게 미소를 지었다.

'천진난만한 아이들이 아무 걱정이 없이 뛰어노는구나.'

그는 천천히 몸을 일으키려고 했지만 몸이 말을 듣지 않았
다. 이마에 땀이 맺혔지만, 잠시 쉬었다가 다시 시도해 보았다.
그때, 아내가 자신의 목에 걸어준 스마트폰이 울렸다. 아내가 보
낸 카톡이었다.

여보, 우리에게 좋은 일이 생기려나 봐요. 내가 점심 식사를 마치고
산책하다가 클로버를 발견했지 뭐야. 그것도 잎이 일곱 개나 된 클
로버야. 클로버를 발견한 곳은 자기가 로또 명당이라고 주말마다 한
장씩 사던 판매점 앞이야. 무심코 앞을 지나가는데, 내 눈에 보도블
록 사이에 그것이 보였지 뭐야. 그래서 자기가 좋아하는 로또 한 장
을 샀어. 여보, 사랑해. 행운이 오면 좋겠다.

남편은 배달 일을 하던 중, 한 주 동안 미지의 행운에 대한

기대로 조금이나마 피로를 잊게 해줬던 로또가 떠올랐다. 1등 세 명, 3등 다섯 명을 배출했다는 그 판매점에서 그는 매주 한 장의 로또를 구입했지만, 4등이 최고 성적이었다. 그가 마지막으로 그 판매점에 들렀던 날이 떠올랐다. 파마머리를 한 판매점 주인아주머니가 고급 정보라며 작은 목소리로 속삭였다.

"이봐요, 몇 년째 매주 로또를 사는데 아직까지 3등도 된 적이 없죠? 너무 실망하진 말아요. 작년에 우리 가게에서 로또 1등 된 아저씨도 주구장창 5등, 4등만 오 년째 하다가 대박을 터트렸지 뭐에요. 그 아저씨는 아내와 사별 후에 혼자 살고 있는데 건설 현장에서 일하고 있었거든요. 횡재를 한 거죠. 꾸준히 사다 보면 언젠가 행운이 올 거예요."

고객에게 기분 좋은 말을 건네며 능숙하게 영업하는 수완 좋은 판매점 주인아주머니였다. 그래서인지 가게에는 늘 고객들이 바글바글했다. 회상에서 돌아온 남편은 편안하게 침대에 누웠다. 로또 한 장을 머릿속으로 크게 그렸다.

'내가 수년간 로또를 구매해온 정성이 아내에게 이어진 게 틀림없어. 이번에는 느낌이 예사롭지 않은 걸. 각시야, 로또 복권 잃어버리지 말고 잘 간수하고 퇴근해.'

남편에게 카톡을 보낸 아내는 직장에서 장지갑을 조심스레 열어봤다. 로또 복권은 지폐가 있는 곳에, 일곱 잎 클로버는 수첩 사이에 얌전히 끼워져 있었다. 그것을 보는 순간 터져 나오는 하품이 쏙 들어갔고, 웃음이 절로 나왔다. 그날은 이상하게도 피로가 싹 가셨다. 평소와 달리 쌩쌩하게 업무를 처리한 아내는 정각 오후 6시에 퇴근했다. 지하철을 타고 오는 내내 아내는 로또 1등에 당첨되는 상상을 했다. 평소엔 스마트폰으로 영화나 드라마를 요약 소개해주는 유튜브 채널을 즐겨 보던 그녀였지만 그날은 웬일인지 두 눈을 감고 생각에 잠겼다. 그러다 눈을 번쩍 뜨고, 황급히 스마트폰의 검색창을 열었다. '로또 1등 20억 당첨금 실수령액'이라는 글을 검색창에 입력하자, 한 경제신문에서 이런 글이 나타났다.

로또 1등 당첨. 3억원까지 22%, 3억원 이상 33% 세금 원천징수

그걸 본 아내는 '너무 많이 떼간다'며 아쉽다는 표정을 지었다. 계산기 앱을 열어봤다. 1등 당첨금이 20억 원일 경우, 세금을 빼면 얼마가 남는지 계산했다. 먼저 3억 원까지는 22% 세율이라 6,600만 원, 나머지 17억 원에는 33% 세율이 적용되어 5억 6,100만 원이므로 총 세금만 6억 2,700만 원. 결국, 실수령

액은 13억 7,300만 원이었다.

　그녀의 계산기 앱에 13억 원 대의 숫자가 또렷하게 나타났다. 20억 원이 엄청나게 쪼그라들어서 섭섭함을 감출 수 없었지만, 이게 어디야 싶어 만족하며 눈을 감았다. 그녀는 상상에 빠졌다. 경기도 한 신도시의 아파트를 장만한 부부가 거실에서 두 손을 잡고 둥글게 둥글게 빙글빙글 춤을 췄다. 남편이 정상인처럼 두 다리로 선 채로였다. 이내 그녀는 현실과 거리가 멀다는 것을 깨닫고 다시 상상의 나래를 펼쳤다. 그녀가 거실에서 남편이 탄 휠체어를 이리저리 회전시켰다. 그녀가 좋아하는 책임감을 상실한 남편은 자신 대신에 가장으로서 책임감을 다하는 아내를 흠모의 눈빛으로 바라보았다. 주민센터에서 퇴근하던 아내는 그런 상상을 처음 해봤다.

　아내는 이상한 느낌이 들어 눈을 떴다. 무의식적으로 웃고 있는 자신을 한 아저씨가 뚫어져라 쳐다보고 있었다. 술 한잔한 듯 얼굴이 불그스름했다. 아내는 눈을 뜨고 스마트폰에 시선을 고정했다. 그러자 아저씨도 스마트폰을 꺼내 시선을 고정했다. 아내는 시선을 스마트폰을 바라보며 생각에 잠겼다.

　'남편이 이런 맛에 매주 로또를 샀구나. 설령 당첨되지 않더라도 한 주간 부푼 기대감으로 보낼 수 있었어. 이걸로 낙을 삼고 배달 일의 고단함을 조금이나마 잊을 수 있었군. 가여운 우리 남편. 오늘 집에 가면 자기가 좋아하는 갈비를 해줘야겠어.'

퇴근한 아내는 남편을 휠체어에 태우고 식탁으로 데리고 갔다. 마트에서 10퍼센트 할인으로 구입한 LA갈비를 푸짐하게 차려냈다. 남편은 요즘 허했는데 어떻게 알았냐며 아내에게 고마움의 표시를 해줬다. 식사하는 동안의 주 화제는 로또였다. 아내가 장지갑에서 로또 복권을 꺼내 식탁 위에 놓자, 갈비를 막 집으려던 남편이 젓가락을 내려놓고는 두 손으로 복권을 집어 들었다. 귀중품을 바라보는 듯한 강렬한 눈빛이 그의 얼굴에 떠올랐다. 곧이어 부부는 "1등 되면 어떻게 하지?"에서 시작해, "2등만 돼도 좋다"하다가 "아냐, 3등만 되도 감지덕지"라면서 오랜만에 화기애애한 시간을 보냈다. 식탁 대화의 막바지에 클로버로 화제가 전환되었다. 아내는 장지갑의 수첩에서 일곱 잎 클로버를 꺼내 보여주었는데 남편은 갈비를 오물거리며 진기한 듯 숫자를 일곱까지 세면서 바라봤다. 남편은 스무 번 꼭꼭 갈비를 씹어 삼킨 후에, "우리에게 행운이 생기면 좋겠어"라고 말했다. 남편의 관심이 클로버보다 갈비에 조금 기울어져 있는 게 아쉬운 점이었다.

그날, 부부는 갈비를 충분히 소화한 후 잠이 들었다. 다음날

새벽, 남편이 비명을 터트렸다.

"여보, 나 죽을 것 같아. 아파서 못 견디겠어."

놀라서 깬 아내가 남편을 바라보았다. 매우 심각해 보여 급히 119를 호출했다. 남편은 119구급차에 실려 병원으로 이송되었고, 아내도 뒤따라갔다. 병원 의사는 남편의 척추 신경에 손상이 생겨 큰 고통이 온 거라며 당장 수술이 필요하다고 했다. 수술 후 경과를 정확히 예측할 수 없다며, 불길한 말을 덧붙였다.

"전신 마비가 올 수도 있습니다."

아내는 충격을 받아 눈물이 앞을 가렸다.

'차츰 집에 평온이 찾아오나 싶었는데 이게 웬 날벼락이야. 흑흑. 휠체어를 탈 수 있는 정도로 남편 건강이 유지되기만 해도 좋으련만.'

아내는 울고 또 울었다. 왜 우리 부부에게만 시련이 닥치는 것이냐며 하늘도 너무하다고 애통해했다. 곧이어 남편이 응급실에서 나와 수술실로 실려 갔다. 아내는 수술실 앞 복도 의자에 앉아 몇 시간 동안 속으로 기도했다. 그 순간, 일곱 잎 클로버가 떠올라 장지갑의 수첩에서 그것을 꺼내 잎자루를 잡았다.

'제발, 우리 남편 건강을 되찾게 해주세요. 행운이 생기면 좋겠어요.'

갑자기 클로버가 황금빛을 발했고 주위가 조용해졌다. 고개를 들어 주위를 살펴보니, 아무런 소리도 들리지 않았고 걸어오던 간호사가 선 채로 굳어있었다. 이상하다고 생각하는 찰나, 눈앞이 환해져 아무것도 보이지 않았다.

'클로버포천스토어' 간판을 단 건물이 보였다. 설명할 수 없는 이끌림에 의해 아내는 스토어 안으로 들어갔다. 그녀의 왼손에는 황금빛 일곱 잎 클로버가 들려 있었다. 지희 매니저가 걸어 나와 응대했다.

"황금빛 일곱 잎 클로버를 발견하셨나 보네요. 행운을 얻게 되신 걸 축하드려요."

아내는 그게 무슨 말인지 몰라 당황했다. 혹시 이상한 곳에 온 게 아닌지 걱정이 들었지만, 상냥하게 웃는 지희의 얼굴에 조금 안심했다. 아내는 지희의 안내로 마스터 상담실로 들어갔고, 마스터가 반갑게 맞이했다.

"어서 오세요. 행운을 간절하게 바라셨지요?"

아내는 고개를 끄덕이며 마스터의 물음에 순순히 대답했다. 자신의 이름이 장은영이며 주민센터에 근무한다는 것과 남편과 함께 아파트 장만을 간절히 바라고 있다는 사실을 말했다.

그리고 남편이 매주 정기적으로 구입해 온 로또 복권 얘기도 꺼냈다.

"저희 남편은 로또 1등을 바라왔어요. 간절하게."

그 말을 하고 나자 약간 맥이 풀렸다. 지금 자신이 제정신인지 의심이 들었다. 하도 경황이 없다 보니 헛것에 빠져든 건 아닌지 싶었다. 충격 먹고 실신한 자신이 꿈나라에 들어온 건 아닐까 하는 생각도 들었다. 직업병이 도졌다.

"도장과 주민등록증을 내보세요."

주민센터 업무 처리 과정에서 주민 신원 확인이 가장 중요한 사항이었다. 뒤늦게 아내가 '아차!'하며 머리를 쳤고, 그 모습을 보며 마스터는 씨익 미소를 지었다.

"나에겐 도장도 주민등록증도 없는데 이 일을 어쩌죠? 그렇지만 저는 행운 무료 증정에 대해서만큼은 확실히 약속할 수 있어요."

아내는 '무료'라는 단어에 주목했다. 분명히 할인이나 할부, 혹은 원 플러스 원이나 투 플러스 원이 아니라 공짜였다. 아내가 입을 열었다.

"행운을 무료로 주는 자선단체인가요?"

"네, 그렇습니다. 이곳은 행운이 절실하게 필요한 고객님께 아무 조건 없이 베푸는 스토어입니다."

아내가 눈을 끔뻑거렸다.

"근데 왜 저에게 행운의 기회를 주시는 건가요? 행운이 필요
한 수많은 사람 중에 왜 하필 제가 행운을 얻게 된 걸까요?"

"손에 들고 있는 그것을 발견했기 때문이죠. 우리 클로버포
천스토어에서는 모든 사람에게 행운을 베풀어주지 못해요. 극
소수의 사람만이 선택되는 것이죠. 황금빛 일곱 잎 클로버를 발
견한 사람들 말이죠."

그러고 나서 마스터는 간절하게 소망을 품고, 그것을 위해
성실히 실천한 사람들이 황금빛 일곱 잎 클로버를 발견하는 영
예를 얻을 수 있다고 설명했다. 그 말을 들은 아내는 이런 곳이
있다는 게 정말 신기했고, 너무나 안 좋은 상황에 처한 나머지
이곳을 믿고 싶어졌다. 아내는 속으로 생각했다.

'우리 부부는 자가 아파트를 소망해왔고 또 남편은 로또 1등
을 바라왔지. 그렇담 아파트? 아니면 20억? 아니, 세금 뺀 13억
7,300만 원이 생기려나?'

그 생각도 잠시, 아내는 수술실로 실려 간 남편의 얼굴이 떠
올랐다. 그러고 보니 자신이 간절히 바라왔지만 말하지 않은 게
있었다.

"사실, 저는 남편이 건강해지길 매일 간절하게 기도를 해왔어요. 좀 전에 남편이 수술실로 실려 갔는데, 우리 남편 수술이 잘 되길 바랍니다."

그 말을 들은 마스터가 옳거니 하고 고개를 끄덕였다.

"고객님에게 주어지는 행운은 바로 그것입니다. 건강해진 남편입니다."

아내는 아주 짧은 순간 신도시의 15억대 아파트나 세금 뺀 13억 7,300만 원을 떠올렸지만, 지금 그런 건 다 부질없는 일이었다. 사랑하는 남편이 생과 사의 문턱 앞에 있는 상황에서 그런 것이 대체 무슨 소용이란 말인가? 금실이 좋았던 부부였으므로 선택의 여지가 없었다.

"사장님, 우리 남편이 건강하게만 된다면 그 이상의 행운은 없어요. 제발 그 행운이 찾아오게 도와주세요."

이윽고 마스터는 친절하게 행운의 구체적인 실현 장면을 코디했다. 마스터는 가장 현실적인 장면을 설계할 때 행운이 쾌속도로 찾아온다고 했다. 아내의 머릿속에 떠오르는 장면이 있었다.

"남편이 침대에서 걸어 나와서 나를 껴안는 것을 바랍니다."

이리하여 행운과 그것의 구체적인 실현이 모두 조합이 되었고, 아내는 3층 〈건강과 장수 양자의 방〉에 입실했다. 지희 매니저는 창문을 커튼으로 가린 뒤 방안에 은은한 조명을 밝혔다. 최근에 간혹 발생하는 건물의 진동이나 전등 깜박거리는 현상이 전혀 생기지 않았기에 순조롭게 행운 끌어당기기 비주얼라이제이션이 이어졌다. 아내가 폭신한 소파에 앉아 심상화를 하자마자 생생한 장면이 펼쳐졌다. 남편이 침대에서 일어난 후 두 다리로 천천히 걸어서 아내에게 다가와 와락 껴안았다. 아내는 마치 실제인 것처럼 남편이 자신을 껴안는 것이 느껴졌다. 이로써 아내, 그러니까 장은영 고객에게는 현실에서 행운이 찾아올 터였다.

이윽고 아내는 클로버포천스토어 밖을 나왔다. 점차, 클로버포천스토어의 간판과 함께 지희 매니저의 손짓이 희미해져 갔다. 갑자기, 주위가 시끌벅적해지며 복도를 빠르게 달려가는 간호사가 보였다. 병원 소독약 냄새가 코를 찔렀다. 그제야 아내는 현실로 돌아왔음을 깨달았다. 왼손에 쥐어진 황금색 일곱 잎 클로버를 조심스레 장지갑의 수첩 사이에 끼워 넣었다. 그다음 손목시계의 시간을 확인했다. 남편은 지금 세 시간째 수술 중이었다. 아내가 수술실을 쳐다보자 그때 문이 열렸고, 의사가 입에 낀 마스크를 풀었다.

"저는 최선을 다했습니다만 앞으로 결과를 두고 봐야 할 것 같습니다."

의사의 얼굴은 심각했다. 남편은 회복실로 옮겨졌고, 아내가 뒤따라갔다. 눈을 감고 있는 남편이 애처로웠던 아내는 날이 밝아 올 때까지 침대 곁을 지켰다. 그러다 슬쩍 아내는 잠이 들었다. 인기척이 들리자 아내는 슬며시 얼굴을 들어 올렸다.

'아.'

남편이 허리를 꼿꼿이 편 채로 침대에 앉아 있었다. 허리를 다친 후로 저런 자세로 앉아 있는 것은 불가능했다. 아내는 믿기지 않는 눈으로 남편을 바라봤다. 남편 역시 어리둥절한 표정이었다.

"집에서 자지? 출근해야 할 거 아니야, 여보."

"당신, 새벽에 큰 수술을 했는데 괜찮아요? 허리를 꼿꼿이 펴 다니 이게 무슨 일이에요?"

"어, 근질근질해서 침대에 앉아보니까 이렇게 되더라구."

순간적으로 아내는 황금빛 일곱 잎 클로버와 함께 클로버포천스토어를 떠올렸다. 장지갑에서 황금빛 일곱 잎 클로버를 꺼내 보았다. 분명히 그것이 생생하게 두 눈앞에 빛나고 있었다.

따라서 아내는 믿기 어려운 곳에 가서 남편이 건강해지는 행운을 얻은 것이 확실했다. 아내는 생생하게 행운 끌어당기기 비주얼라이제이션을 했던 것을 현실에서 확인하고 싶었다. 아내는 출입구 앞에 서서 나직하게 말했다.

"여보, 여기로 한번 걸어와 볼래?"

아내는 수술을 끝낸 지 얼마 안 되어 가까스로 침대에 앉을 수 있는 남편에게 버거운 과제를 내주었다. 남편은 황당하다는 눈빛을 보였다.

'어라, 각시가 제정신인 거야? 설마 내가 못 걷는다는 걸 까먹은 건 아니지? 새벽에 남편 때문에 큰 충격 받은 나머지 일부 기억 상실?'

남편은 아내의 그윽한 눈빛을 바라보고는 가만히 있을 수 없었다. 아내의 표정은 "여보, 걸어서 여기로 올 수 있잖아요?"라는 의미를 담고 있었다. 남편이 다리에 힘을 주어봤는데 신경이 느껴졌다. 아내의 요청을 들어주기 위해, 침대 밖으로 다리를 꺼내 보았다. 두 다리를 침대 아래로 내린 후 남편은 침대에 두 손을 짚어 균형을 잡으며 천천히 제자리에 섰다. 두 다리에 힘이 쭉 뻗치는 게 느껴지며 남편은 설 수 있었다. 멍한 표정으로 남편은 아내의 손짓에 따라 천천히 한 발 한 발 떼어보았다.

걸음걸이가 가능했다. 이동형 링거대를 한 손으로 잡아 끌며 아내 쪽으로 걸어왔다. 이미, 아내의 얼굴은 눈물로 축축해졌으며 아내는 두 팔을 활짝 펼쳤다. 조심스레 걸어오던 남편이 마침내 아내 앞에 다다랐고, 무한한 기쁨에 흠뻑 젖어 링거를 꽂은 팔과 다른 팔로 아내를 덥석 안았다. 남편의 링거 꽂은 팔뚝이 시큰거리는 것 말고는 모든 게 정상이었다. 이날, 남편은 의사들로부터 "기적이에요"라는 말과 함께 "아무래도 우리 병원 진료진의 우수한 수술경력이 선생님의 쾌유에 의미 있는 영향을 줬을 것으로 사료됩니다"라는 말을 들었다. 남편은 감사의 뜻으로 기념사진 촬영을 요청했고, 병원 측은 그 사진을 홍보자료로 쓰고 싶다며 조심스레 양해를 구해왔다.

여기서 잠깐, 로또 1등을 간절히 바라는 고객이 행운을 얻는 사례가 있는지 궁금한 분이 있을 것이다. 오늘도 로또 복권을 구입해 간절히 1등을 바라며 인생 역전을 꿈꾸고 있는 사람들이 참으로 많다. 황금빛 일곱 잎 클로버를 발견한 사람이 클로버포천스토어를 통해 로또 1등의 행운을 얻는 이야기는, 누군가에게 대리만족이나 새로운 희망의 불씨를 줄 것이다. 실제로 로또 1등의 행운을 얻는 사람이 있다.

앞에서, 가난한 부부의 남편이 자주 복권을 구매하는 곳 주인아주머니가 아내 사별 후 혼자 사는 아저씨가 로또 1등에 당첨됐다고 말한 것을 기억할 것이다. 이 고객은 건설현장 노동을 30여 년 해오면서 매주 로또를 구입해 왔는데, 그 절실함과 더불어 꾸준히 로또를 구매하는 성실함이 가히 하늘을 감동시킬 만했다. 젊을 때 결혼했으나 아내는 10년 가까이 살다가 유방암에 걸려 세상을 떠났다. 그럼에도 이 아저씨는 일편단심으로 결혼하지 않고 아내를 기억하며 혼자 살아갔다.

이 50대 남성 고객이 클로버포천스토어를 통해 로또 1등의 행운을 얻었다. 하지만 그 남성은 치매 증상으로 인해 자신이 클로버포천스토어를 방문한 사실을 완전히 잊어버렸다. 당연히 일곱 잎 클로버를 발견한 것도 기억에서 희미해졌다. 사실, 이 고객은 스토어에 방문했을 때 정신이 맑아지며 로또 1등의 행운을 바랐고 그것의 실현된 구체적인 장면으로 당첨금 절반을 기부하는 모습을 설정했다. 즉, 그가 바라는 행운은 로또 1등이 되어 당첨금 절반을 기부하는 것이었다.

이 남성은 원룸에 살면서 가재도구 변변한 것 하나 갖추지 않고 살아왔는데, 막상 13억대의 큰돈이 손에 쥐어지자 허탈한 웃음을 지었다.

‘이 큰돈으로 무엇을 하노?’

그는 반듯한 인성을 갖고 있었다. 그래서 큰돈을 횡재했다고 해서 갑자기 돈을 물 쓰듯 흥청망청 쓰는 일이 없었다. 그는 세금을 제외한 당첨금의 절반을 뚝 떼어내어 결손가정의 아이들에게 도시락을 제공해주는 자선단체에 기부했다. 그는 자선단체에 자신이 누군지 밝히지 않기를 원했고, 자신의 선행이 세상에 알려지지 않길 바란다는 조건을 내비쳤다. 자선단체 임직원 일동은 건물 앞까지 나와 허름한 옷차림의 거액 기부자 50대 남성을 배웅했다. 모두가 90도 가까이 허리를 굽혀 인사했다. 그는 그 광경을 보고 흐뭇하게 미소를 지었다.

‘내가 어릴 때부터 굶고 자랐는데, 우리 아이들은 먹을 것 풍족하게 줬으면 하고 바랄 뿐입니다.’

그의 숨은 선행은 결국 언론에 공개되고 말았다. 다들 입단속을 하려고 노력했지만, 어느 신입 여직원이 “이런 일은 세상에 알려야 한다”는 사명감을 실천에 옮겼기 때문이다. 그 직원이 방송사에 제보한 내용은 우리 사회의 온기를 느끼게 해주는 뉴스로 보도되었다.

몇 주 후, 그가 일하는 건설현장의 소장이 “회장님께서 선생님을 뵙고 싶어 하십니다”라면서 그를 호출했다. 그는 회장실에서 뉴스에서만 보던 건설회사 회장실과 독대했다. 회장님은 특별히 허브차를 내놓았다. 키가 크고 배가 나온 80대 초반의 회장님은 참 기특하다는 표정을 감추지 못했다.

"우리 회사에 선생님처럼 훌륭한 분이 있다는 걸 몰라뵈어 송구스럽습니다. 그간 일을 하시면서 힘들었던 점은 없으셨는지요?"

50대 남성은 고개를 숙이면서 황송스러워했다.

"대단한 일이 아닌데 뉴스에까지 나와서 부끄럽습니다. 그리고 회장님이 직원 복지를 워낙 잘 챙겨주셔서 부족한 게 없습니다."

회장님은 그의 겸손한 태도에 감탄하며 조심스레 말을 꺼냈다.

"저도 선생님처럼 아내와 사별한 지 오래되었습니다. 오늘 선생님을 부른 건 부탁 하나 드리고 싶어서입니다."

남성은 '부탁'이라는 말에 긴장했다. 그렇지만 회장님은 여유로운 미소를 지었다.

"제 나이 여든셋인데, 이제는 언제 떠나도 이상할 게 없는 나이에 이르렀습니다. 참 세월 빠르군요. 요즘 지병 치료를 받고 있는데, 갑자기 숨을 거두면 이 많은 재산이 무슨 소용이 있겠습니까? 그래서 오랫동안 구상해오던 복지재단을 세우려고 합니다. 선생님이 복지재단의 이사장을 맡아주셨으면 합니다. 꼭 선생님 같은 분이 맡아주셔야 합니다."

이 건설회사 회장은 이북 출신으로, 6.25 때 혈혈단신으로 남한에 내려와 닥치는 대로 온갖 일을 하며 지금의 건설회사를 일군 입지전적인 인물이었다. 가진 돈 얼마 없는 처지에 거액을 기부한 50대 남성의 행동을 누구보다 높이 평가했다. 긴장한 탓에 차를 입에 한 모금도 대지 못하고 있는 남성을 보고 회장님이 허브차가 건강에 좋으니 마셔보라고 했다. 그제서야 남성은 따뜻한 허브차를 한 모금 마셨다. 마음이 다소 차분해진 남성은 자신이 그 일을 못하는 이유를 솔직히 털어놓았다.

"실은 내가 가끔 깜빡깜빡하는 일이 있습니다. 저 같은 사람이 그런 중요한 자리를 맡을 수는 없지요."

회장님은 그 사실을 이미 현장 소장을 통해 보고 받은 터였다. 그는 이참에 남성의 치매 증상을 치료해주겠다고 말했다. 그리하여, 허브차로 속이 훈훈한 상태였던 남성은 회장님의 제안을 덜컥 수락하고 말았다.

"치료를 받아 정상인이 된 후 복지재단 이사장을 맡으라는 말씀이시죠? 그리고 치료도 회장님이 아는 병원에서 무료로 해주시겠다고 하셨고요. 정 회장님이 이렇게까지 저에게 이사장 자리를 권하신다면, 한 번 해보겠습니다. 열심히, 부끄럽지 않게 좋은 일 많이 하겠습니다."

CLOVER FORTUNE STORE

행운을 끌어당기는

비주얼라이제이션(Visualization)

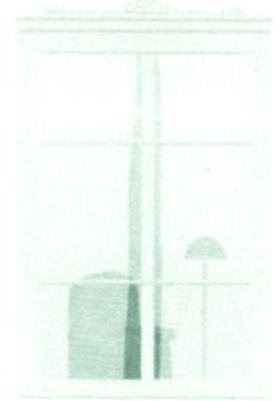

몸이 불편한 남편을 둔 주민센터 직원 아내가 클로버포천스토어에서 현실로 돌아왔을 때였다. 그날은 더 이상 고객이 찾아오지 않았는데, 이것을 정확히 짐작한 듯 마스터는 지희 매니저에게 "오늘은 그만 근무해도 좋습니다"라고 말한 뒤, 4층 〈연애와 사랑 양자의 방〉으로 지희를 데리고 갔다. 방에 들어간 마스터는 창문 커튼을 내리고 전등을 은은한 조명으로 바꿨다. 방금 클로버포천스토어에서 주민센터 직원 아내가 행운 끌어당기 심상화를 성공적으로 수행해냈다. 마스터는 내심 기대하며 소파에 매니저이자 고객인 지희를 앉힌 후 행운의 구체적인 실현 장면을 생생하게 비주얼라이제이션 해보라고 했다.

그런데 갑자기 건물이 흔들거리며 전등이 깜빡거렸다. 마스터의 표정에는 평소와 달리 초조함이 역력했다.

"참 이상한 일이군요. 이런 일은 정말 처음이에요. 왜, 저희 고객님이 행운 끌어당기기 심상화를 할 때만 이런 일이 생기는지 의아하네요. 운명에 복종하게 만드는 아카식 레코드의 힘이 특히 저희 고객님에게만 강하게 작용하네요."

지희도 당황스러워했다.

"그럼 어떻게 하죠? 전 선우를 만날 수 없는 건가요? 간절하게 바라는 행운이 생기지 못하게 되는 건가요?"

그녀의 목소리는 떨렸고, 눈가에는 애절함이 배어났다. 그 순간, 전등이 나가버리며 방 안이 캄캄해졌다. 지희는 깜짝 놀라 숨을 삼켰고, 마스터는 당황한 기색을 보였다. 어둠속에서 두 사람의 거친 숨소리만 메아리쳤다.

"일단 상담실로 가시죠."

마스터의 낮고 조심스러운 목소리가 들렸다. 그는 그녀를 먼저 방 밖으로 안내했다. 둘은 함께 상담실로 들어가서 대화를 이어나갔다. 사실, 마스터는 지희에게만 행운 끌어당기기가 쉽게 되지 않는 이유를 나름대로 추측하고 있었다. 선우와의 재회를 가로막는 어떤 원인이 있다고 짐작했다. 지희는 현실 세계에서 살아가고 있는데, 만약 선우가 현실 세계에서 벗어나 있다면? 곧, 지구별을 떠나 영면에 들었다면? 이럴 경우, 지희에게는 행운이 절대 찾아올 수 없었다. 이미 세상을 떠난 이들이 현실 세계에 건강한 사람으로 나타나 연인과 재회하게 하는 것은 마스터의 능력을 크게 뛰어넘는 일이었다. 마스터는 숨을 거둔 사람을 살려내는 행운을 가져다줄 수 없었다.

아쉽게도 이미 세상을 떠난 이들과 더불어 가까운 시기에 생을 마감할 사람, 곧 머지않아 세상을 떠날 운명을 가진 사람을 건강한 사람으로 만들어 내는 행운도 원천적으로 불가능에 가까웠다. 지희는 앞으로 건강하게 살아갈 운명으로 보였다. 따라서, 선우가 머지않아 숨을 거둘 운명일 경우 지희에게 행운이 찾아오는 게 불가능에 가까웠다. 운명 지배의 힘, 아카식 레코드의 저항이 상상을 초월할 정도로 강력하기 때문이었다.

마스터는 속으로 짐작하는 것을 털어놓지 않았다. 마스터는 더 두고 본 후, 그때도 행운 끌어당기기가 실패한다면 그녀에게 사실 그대로 알려주기로 했다.

"클로버포천스토어의 대표인 저를 믿고 조금만 더 기다려주시면 좋겠습니다. 시간을 두고 다시 한번 〈연애와 사랑 양자의 방)에 들어가 보면 좋겠어요. 지희 씨는 작년 9월부터 현재까지 선우와 재회를 기다려왔는데 여기서 포기하시지는 않겠지요?"

지희는 그 말에 힘을 얻었다.

"전 언제까지라도 선우와의 재회를 기다릴 거예요. 언제까지라도요."

그녀는 속으로 '나에게 조만간 기회가 올 거야'라고 되뇌었다.

지희는 선뜻 이해되지 않았던 마스터의 말을 떠올렸다. 처음 이곳에 왔을 때 마스터는 이런 말을 했었다.

"소원은 막연히 바라는 것이므로 원하는 행운이 찾아올지 불확실해요. 하지만 행운을 구체적으로 정한 후, 이미 이루어진 것처럼 생생하게 느끼는 비주얼라이제이션을 하면 실제로 행운이 펼쳐집니다."

세상의 많은 사람들은 행운을 바라며 소원을 빌고, 또 소원을 가슴에 품고 살아가지 않는가? 그런데 마스터의 말에 따르면, 소원만으로는 부족하다고 했다. 사실, 지희도 지금까지 살아오면서 무수히 많은 소원을 품었다. 그런 그녀에게는 행운이 찾아오기 힘들다는 것이었다. 지희가 마스터의 눈을 정면으로 바라보았다.

"소원만으로는 행운 얻기가 힘들다고 마스터 님이 말했던 것이 기억이 나요."

마스터가 고개를 끄덕이며 입을 열었다.

"행운을 확실히 얻기 위해서는 '소망'만으로는 부족합니다. 구체적인 행운을 정한 후 비주얼라이제이션(Visualization)을 해야 틀림없이 행운이 찾아오는 것이지요. 전에 말씀드렸듯이 이미 행운을 얻은 것처럼 생생하게 느끼는 것이 바로 비주얼라이제이션입니다. 세상 사람들은 소망을 많이 하지만, 이에 비해 심상화(비주얼라이제이션)를 하는 사람은 매우 적지요. 우리 스토어에서는 그 심상화의 힘이 더 강력해지도록 우주 에너지를 주는 것이며, 이를 통해 고객님들은 행운을 얻을 수 있어요."

이어 마스터의 설명이 이어졌다.

"엄밀히 말하면 소원은 운명 지배의 힘인 아카식 레코드가 선호하는 말입니다. 사람을 정해진 운명에 예속시키는 아카식 레코드의 영향 아래에 머물러 있는 언어가 소원 혹은 소망입니다. 사람들로 하여금 행운이 찾아올 것처럼 속삭이는 단어가 소원(소망)이에요. 하지만 바라는 것만으로는 행운이 쉽사리 찾아오지 않아요."

마스터는 그 이유를 예로 들어 설명했다.

"먼저, 간절한 '소망'에 머문 사례입니다. A 학생은 고3이 되면서 책상 앞에 '명문대 합격'이라는 슬로건을 붙여놓았어요. 밤낮없이 그 학생은 명문대 합격을 간절히 소망하면서 부지런하게 공부를 했지요. 하지만 이상하게도 이 학생의 뜻대로 되지 않았지요. 모의고사 성적이 자신이 소망하는 대학의 입학 점수에 많이 미달했거든요. 왜 그랬을까요? 이 학생은 부지런하게 공부를 한다고 했지만 계획에 따라 공부량을 채우는 일이 적었지요. 자주 내일로, 모레로 계획을 미루기 일쑤였습니다. 목표가 세밀하고 구체적이어야 목표를 이루기 위한 실천력이 높아지는데, 이 학생의 목표는 특정 대학이 아니라 두루뭉술하게 '명문대'였습니다. 그 결과, 이 학생은 원하는 행운을 얻기 힘들었어요.

다음, 구체적인 소망을 '심상화'한 사례입니다. B 학생은 책상 앞에 특정 대학교의 정문 사진을 책상 앞에 붙여넣고, 그 위에 '합격'이라는 구호를 적어 넣었지요. 이 학생은 부지런하게 공부를 하면서 날마다 자신이 특정 대학교 정문 앞에 선 이미지를 오감으로 심상화했어요. 책상에 앉기 전에, 등교하기 전에, 그리고 잠들기 전에 강렬한 비주얼라이제이션을 반복했지요. 이 학생은 집중력이 높아질 뿐만 아니라 공부 계획을 거침없이 완수해나갔습니다. 그 결과는요? 네, 맞아요. 이 학생은 원하는 대학에 합격하는 행운을 얻을 가능성이 높습니다."

마스터의 말이 계속 이어졌다.

"간절한 소망에 머문 사람들의 입에서 종종 나오는 말이 이 것이에요. '…가 되었으면 좋겠다.', '언젠가 되겠지', '결국 내 운 명을 거스를 수 없나 봐', '시간과 돈이 부족해서 아쉽다' 구체적 이고 지속적인 행동이 결여된 채로 나오는 말입니다. 이런 말을 하는 사람들은 아카식 레코드(Akashic Records: 우주 기록)에 따라 살아갈 수밖에 없어요. 이는 사람들을 운명에 예속시키려는 아 카식 레코드의 힘에 말려든 것이죠. 반면, 구체적인 소망을 비주 얼라이제이션을 하는 사람들은 그것을 위해 지속적으로 실천할 뿐만 아니라 운명을 원하는 대로 개척할 수 있어요. 이런 분들 에게는 아카식 레코드의 힘이 얼씬도 못 하는 겁니다. 이분들은 원하는 행운을 얻고, 운명을 자신의 뜻대로 바꿔 나가니까요. 그 래서 우리 클로버포천스토어에서는 행운 끌어당기기 비주얼라 이제이션을 하고 있습니다."

듣고 있던 지희 매니저의 머릿속이 조금씩 정리되는 듯했다.

"한 시대의 획을 그은 사람의 사례를 들어주세요. 과연 그가 어떻게 소망이 아닌 심상화로 행운을 얻을 수 있었는지 궁금해요."

　마스터가 한 유명인의 이야기를 들려주었다. 그는 어릴 때부터 만화를 그리고 애니메이션을 만드는 것을 꿈꿨다고 했다. 성장한 후에도 애니메이션으로 사람들에게 감동을 주고 싶다고 생각했지만 막연한 소망에 머물렀다는 것이다. 이대로라면 그는 역사 속에서 자신의 이름이 잊힐지도 모른다고 했다. 그는 애니메이션 제작자가 되겠다는 소망을 생생하게 심상화하고, 강한 의지로 실천에 옮기기 시작했다. 그런 그는 할리우드로 이사한 후 자신이 개발한 미키마우스를 앞세워 투자자를 찾아다녔고, 마침내 스튜디오를 설립할 수 있었다. 얼마 후, 이곳은 세계적인 애니메이션 스튜디오로 성장했다. 그 스튜디오가 바로 디즈니스튜디오이며, 비주얼라이제이션을 통해 세계적인 애니메이션 거장이라는 행운을 얻은 그의 이름은 월트 디즈니였다. 훗날, 디즈니랜드를 건설한 그는 유명한 말을 남겼다.

　"꿈을 꿀 수 있다면, 이룰 수도 있다."

　그는 10년 전부터 생생하게 디즈니랜드를 비주얼라이제이션을 했고, 이 소망을 이루기 위해 부단히 실천했다고 한다. 따라서 그에게 행운이 찾아온 것은 당연한 일이라고 말했다. 진지하게 경청하던 지희가 말했다.

"월트 디즈니는 소망에 머물지 않고 소망을 구체적으로 심상화하여 행운을 얻었군요. 생생한 심상화를 통해 꾸준한 실천이 이어졌고요. 이처럼 클로버포천스토어에서 생생한 심상화, 그러니까 행운 끌어당기기 비주얼라이제이션을 하면 행운이 찾아오나 보네요."

"네, 잘 정리하셨습니다."

잠깐 생각에 잠겼던 지희가 눈빛을 반짝였다. 마스터가 지희를 바라보며 입을 열었다.

"지희 씨의 사례를 얘기해볼까요? 지희 씨는 현실 세계에서 선우와의 재회에 대한 간절한 소망을 품고 하루하루 슬픔과 고통을 인내하며 살아왔지요. 그렇지만 그것만으로는 행운이 찾아오기가 어렵습니다. 그래서 이곳 스토어에서 행운의 구체적인 장면을 정한 후에 그것을 비주얼라이제이션을 하는데, 이때 비로소 행운이 찾아옵니다. 지희 씨, 조만간 행운이 찾아올 거라 확신합니다. 이것은 주술이 아니라 과학입니다. 구체적인 소망을 이루겠다는 의도를 가지고 생생하게 심상화를 하면, 그에 따라 현실이 바뀌기 때문이죠. 우리 스토어에 있는 행운의 방 곧 '양자의 방'을 믿으세요."

지희는 클로버포천스토어에서 고객에게 행운을 준다는 게

막연하고 추상적인 게 아니라는 생각이 들었다. 자신도 스토어의 〈연애와 사랑 양자의 방〉에서 제대로 비주얼라이제이션을 할 수만 있다면, 선우와 재회하는 행운을 얻을 수 있을 거라는 확신이 들었다. 다만, 마스터의 말에 따르면 운명 지배의 힘인 아카식 레코드의 방해로 비주얼라이제이션이 잘되지 않고 있었다.

마스터가 꼬았던 다리를 풀고 반대로 다시 꼬았다. 손깍지를 낀 채 잠깐 생각에 잠긴듯 하더니 입을 열었다.

"참, 전부터 궁금한 게 하나 있었습니다. 요즘이라고 꼭 한정 지을 수는 없지만, 특히 요즘 젊은 사람들은 쉽게 이성을 사귀고 또 쉽게 헤어지는 게 일반적이지 않습니까? SNS를 통해 쉽게 마음에 드는 이성을 만날 수 있다 보니, 사랑이 식는 것도 금방이고 그래서 사귀던 이성과 헤어져도 큰 아픔이 아닌 시대가 된 듯해요. 내가 너무 요즘 사람들의 사랑을 선입견으로 바라보는 건 아닌지 걱정되네요."

지희가 씨익 미소를 지었다.

"마스터 님의 말이 틀린 건 아니에요. 내 주위의 친구들을 봐도 대부분 쉽게 사귀고 쉽게 헤어지고 있어요. SNS를 통해 이성을 만날 기회가 많은 게 그 원인일 수도 있다고 봐요. 적지 않은 젊은 사람들이 헤어지고 나서 또 쉽게 다른 사람을 만나는 경험을 했을 겁니다. 물론 그렇지 않은 젊은 사람들도 있겠지만요.”

“지희 씨는 그렇지 않은 쪽이네요.”

“네, 그렇습니다. 그래서 이곳 스토어의 행운 끌어당기기 심상화의 도움이 필요한 거고요.”

“그래서 말인데요. 지희 씨는 어째서 남자친구를 쉽게 잊지 못하고 간절히 재회를 바라는지가 궁금하네요. 사귀던 이성이 일방적으로 연락을 끊고 수개월이 지나면 잊을 만도 하잖아요. 요즘 젊은 사람들이 그렇잖아요? 아마 그걸 쿨하다고 하나요?”

“저도 이렇게 될 줄은 몰랐어요. 선우가 연락을 끊어버렸을 때 충격을 받긴 했지만 시간이 흐르면서 그를 잊으려고 노력했어요. 운동을 하면서 잊으려 했죠. 그런데 이상하게 다시 원점으로 돌아오더라고요. 정말이지, 저도 왜 이러는지 모르겠어요.”

“두 분의 사랑이 매우 각별했나 보군요.”

“저는 선우와 사귀기 전에 두 번 연애했었는데, 남친과 헤어진 후 쉽게 잊어지더라구요. 연애 기간도 짧았고, 크게 끌리는 게 없어서인지 헤어지고 나서도 아무렇지 않았죠. 선우와 사귄 기간은 7개월 정도인데 그리 긴 편은 아니었어요. 우리 둘의 사랑은 다른 연인들의 사랑과 별반 다르지 않았어요. 책 이야기를 나누고, 카페와 맛집을 다니고, SNS로 자주 소통했는데 크게 특별한 건 아니었죠. 그런데도 선우와의 사랑은 도무지 잊혀지지 않네요."

지희는 갑자기 연락을 끊어버린 선우를 잊지 못하는 자신을 설명할 수 없었다. 어쩌면 다른 커플처럼 1년쯤 사귀다가 감정이 식어 자연스레 헤어질 수도 있었을 것이다. 하지만 서로의 감정이 무르익을 대로 무르익었을 때, 갑자기 선우가 연락을 끊어버리자 지희는 좀처럼 그를 잊을 수 없었다. 그녀는 선우로부터 "더는 만나고 싶지 않다"라는 한마디만 들을 수 있었어도, 그것을 계기로 그를 잊을 수 있었을 거라 생각했다. 그런데 선우는 그 어떤 이유도 없이 연락을 끊고 말았다. 지희는 답답한 마음에 그간의 일을 털어놓기 시작했다.

작년 9월 초, 지희는 식당에서 뜻밖의 화재를 겪었다. 그녀는 누군가의 도움으로 살아났고, 그날 오후 평소보다 훨씬 예민한 상태로 선우에게 카톡을 보냈다. 아무리 바빠도 30분마다 답을 주던 그였는데, 하루가 다 지나가도록 연락이 없었다. 그녀는 선우가 연락하지 못하는 난처한 상황에 처해 있을 거라고 생각하며 다음 날 메시지를 확인했지만, 전날 보낸 메시지를 읽지 않았다. 이상한 느낌이 든 지희는 곧바로 전화를 걸었다. 여러 차례 전화를 했지만 연결되지 않았다. 처음에는 선우의 폰 배터리가 다 떨어졌을 거라 생각했다. 그런데 몇 시간 뒤에도 연락했지만 전화 연결이 되지 않았다. 그제서야 다른 이유가 있음을 짐작했다. 다음날, 또 다음날도 연락했지만 역시 전화 연결이 되지 않았다. 그가 관리하는 인스타그램에도 새 글이 올라 오지 않았다. 이렇게 일주일이 지나고, 보름이 지나고, 한 달, 두 달이 지났다. 가까운 과 친구들이 조언해주었다.

"갑자기 연락두절이 된 건 곧 잠수이별이야."

"요즘은 상대가 싫어지면 그냥 폰 전원 꺼놓고, 아무 말 없이 사라지는 사람들도 있다더라."

그렇지만 선우가 인스타그램을 전혀 하지 않는 건 의아했다. 보통 잠수이별을 할 때는 사귀던 이성과의 연락만 끊을 뿐 인스타그램은 하긴 마련이었다. 그런데 그는 인스타그램 접속조차 하지 않는 듯했다. 그래서 지희는 잠수이별이라고 단정지을 수 없었다. 혹시 전화조차 못할 정도로 선우 신상에 무슨 안 좋은 일이 생긴 건 아닐까 하는 의구심이 들었다.

지희는 선우를 찾아 나서기로 했다. 직접 만나서 확실한 답을 얻고 싶었다. 당시 대학을 중퇴한 후 모 요리 학원에 다니던 선우는 고시원에 살고 있다고 했다. 대학교 근처에서 자취하던 그는 자취방의 보증금을 빼 월세가 저렴한 고시원으로 이사했고, 최소한의 생활비로 요리 공부에 집중한다고 했다.

"가을쯤에 내 집으로 초대할게. 지금은 자기를 집으로 초대할 형편이 못 돼. 가을이 되면 아마 내가 식당에 취직해서 근무하게 될 거야. 그때 새집으로 이사할 계획이야. 좀만 기다려줘."

이로 인해 지희는 선우의 집에 가본 적이 없었다. 그래서 그의 정확한 집 위치를 몰랐다. 게다가 그가 다닌다는 요리 학원의 이름조차 알지 못했다. 선우가 굳이 요리 학원의 이름을 밝히지 않았기 때문이었다. 단지 강남에 있는 오래된 요리 학원이라는 말만 들었을 뿐이었다. 그녀는 강남에 있는 모든 요리 학원을 찾아 나설 수 없었다. 그가 다니던 대학교 컴퓨터공학과를 찾아가 볼까도 생각했지만 끝내 용기가 나지 않았다. 그렇게 선우를 찾아보려던 시도는 수포로 돌아갔다.

시간이 흐르면서 선우에게 안 좋은 사정이 있을 수 있다는 생각이 희미해졌고, 점차 지희는 실연을 온몸으로 실감했다. 이와 더불어 그녀의 가슴 속에서는 선우에 대한 그리움과 실연의 아픔만이 점점 커져 나갔다.

마스터는 지희의 이야기를 듣고 고개를 끄덕였다.

"그렇다면 지희 씨가 실연당했다고 확정 지을 수 없네요. 남자친구와 연락이 되지 않는 상태잖아요?"

"저도 처음에는 실연을 단정 짓지 못했어요. 선우에게 무슨 일이 생겼을 수 있겠다고 생각했어요. 근데 요즘은 이런 식으로도 이별을 한다고 하더라구요. 단 한마디 없이 연락하지 않는 것으로 상대방에게 결별을 통지한답니다. 저도 너무 힘든 나머지 우울감이 생기면서 실연으로 생각하게 되었어요."

"그렇군요. 막상 지희의 입장이 되면 그럴수 밖에 없을 것 같네요."

마스터는 지희 고객을 바라보면서 안타까운 기색을 감추지 못했다. 지희 고객이 재회하고자 하는 남친이 이미 세상을 떠났거나, 머지않아 세상을 떠날 운명을 가진 것으로 추측하기 때문이었다. 하지만 황금빛 일곱 잎 클로버를 발견한 고객은 마땅히 행운을 받아야 했으며, 그것을 위해 클로버포천스토어와 마스터 자신이 존재하는 것이었다. 만약 지희 고객이 행운을 얻지 못한다면, 클로버포천스토어의 명성에 금이 가는 일이었다. 이때까지 그런 경우는 단 한 번도 없었다.

스토어 밖으로 밝은 유성이 스쳐 지나갔다. 스토어 문을 닫을 시간이 가까워지고 있었다. 마스터는 지희에게 용기를 주기 위해 한 고객의 이야기를 들려주었다.

"예전에 한 노인 고객이 찾아와 사랑하는 여자친구와 재회하는 행운을 얻은 적이 있었답니다."

거제도에 사는 90대 초반의 노신사가 있었다. 그는 6.25 전쟁 때를 제외하면 줄곧 거제도를 떠난 적 없는 토박이였다. 6.25 전쟁이 터졌을 때, 19세였던 그는 두 살 아래의 여자친구가 있었다. 그는 홀아버지 밑에서, 여자친구는 홀어머니 밑에서 자라났는데 동질감 때문인지 동네에서 친하게 지내다가 사춘기 때부터 사귀는 사이가 되었다. 그는 늘 여자친구에게 자신의 포부를 밝혔다.

"내가 인자 커서 사장이 되면, 너한테 따신 밥에 고기 실컷 맥여줄 끼다. 오빠만 믿어봐라."

"오빠야, 내는 오빠만 믿는데이."

둘은 들판과 해변을 사시사철 함께 누비며 사랑을 속삭였다. 풋사과 같은 사랑이었지만 서로의 마음은 진지하고 간절했다. 그는 성인이 되는 날만 기다렸다. 고등학교를 졸업하면 여자친구를 데리고 육지로 갈 계획을 세웠다.

그런데 하루아침에 전쟁이 터졌고, 온 세상이 뒤집혔다. 전쟁의 속도는 매우 빨랐고, 두 달도 안 되어 부산 앞까지 북한이 쳐들어왔다. 이때, 고등학생이던 그는 결심했다.

'내가 나서서 나라를 구해야겠다.'

그는 자신과 여자친구가 행복하게 살려면 나라가 있어야 한다고 생각했다. 혈기왕성했던 그는 여자친구에게 편지 한 통 남기고 학도병을 태운 함선에 올랐다. 시간은 빠르게 흘렀다. 미군의 도움으로 전세가 역전되었고, 그는 압록강까지 진격했다가 1.4후퇴 때 서울로 돌아왔다. 수년 후, 휴전 협상이 맺어졌고 그는 고향으로 돌아올 수 있었다. 참전 내내, 그는 수첩에 끼워 둔 여자친구의 흑백 증명사진을 보며 용기를 얻었다. 거제도 땅을 다시 밟은 그는 여자친구를 수소문했는데 돌아온 답은 그를 절망케 했다.

"전쟁통에 그 아이 엄마가 병 걸려가 돌아가삣다 아입니꺼. 마, 식구도 없고 그러니까 미국인 부부가 불쌍하다고 미국으로 데리고 갔다 카더만예. 입양됐다 안 합니꺼."

그는 모든 수단 방법을 동원해 미국에 입양된 여자친구를 찾아보았지만, 전쟁통에 입양 기록이 적힌 서류가 불타버린 데다 그녀의 이름과 국적이 바뀌어 사실상 찾는 게 불가능했다. 그는 여자친구를 잊지 못했고, 늘 그녀의 사진을 수첩에 간직했다.

세월이 흘렀다. 수산물을 육지로 중개 판매하며 큰돈을 번 그는 거제도에서 작은 호텔을 운영했다. 이제 그의 나이가 90대가 되었다. 그는 파란 남해가 내려다보이는 호텔 대표이사실에서 혼자 보내는 시간이 많았다. 어느 화창한 봄날, 그는 색이 바랜 여자친구 사진을 보다가 창가로 다가가 베란다 문을 열어 한참 수평선을 바라보았다. 그 순간, 바람에 실려서 날아온 일곱 잎 클로버가 그의 뺨 위에 살며시 떨어졌다. 그가 그것을 손에 쥔 순간, 클로버포천스토어에서 행운을 얻는 기회를 얻었다. 그는 오랜 세월 간절한 소망을 품었고, 날마다 여자친구 사진을 바라보며 그 마음을 지켜왔다. 마스터는 그가 했던 말을 아직도 잊지 못한다.

"살 만큼 살았고, 경제적으로도 부족한 게 없습니다. 이런 저에게 행운이라니요? 만약 제가 행운을 받는다면, 오래전에 헤어진 여자친구를 단 한 번이라도 만나고 싶네요."

얼마 후, 그에게 진짜 행운이 찾아왔다. 하루는 미국인 단체 여행객들이 호텔에 묵게 되었고, 그는 평소처럼 흑백사진을 들고 로비로 내려갔다. 미국 관광객이 올 때마다 그는 크게 확대된 여자친구 사진을 보여주며, 혹시 이 사람을 아느냐고 물었다.

매번 돌아오는 대답은 '모른다'였다. 그날도 마찬가지였다. 고개를 저으며 로비를 지나치는 이들을 바라보면서 그는 발길을 돌리려고 했다. 그때, 그의 눈에 한 한국인 노파가 들어왔다. 낯이 익었다. 자세히 보니, 여자친구였다.

여자친구는 손녀의 부축을 받으며 천천히 걸어오고 있었다. 그녀 역시 살 만큼 살았는데, 세상을 떠나기 전에 고향을 다시 한번 보고 싶어 관광길에 올랐던 것이다. 그녀의 가슴에도, 그 남자가 남아 있었다. 그래서 그녀는 그를 보자마자 단박에 그의 이름을 외쳤다. 그리하여, 그는 마침내 여자친구와 재회하는 행운을 얻을 수 있었다.

7

클로버포천스토어를 방문한
젊은 남자 환자

화요일 저녁 6시 무렵의 클로버포천스토어. 이날은 새로 들어온 여성분이 파트타임으로 매니저 알바를 하고 있었다. 매니저는 스토어 출입구 안내 데스크 뒤에 앉아 과자를 오물거리고 있었다. 한 손에 초코 쿠키를 들고 있는 매니저는 인기척이 들리자 들고 있던 것을 의자 위에 내려놓고 일어났다. 마스터가 다가오고 있었다. 마스터는 멀리서 걸어오면서도 매니저가 군것질하고 있음을 알아차렸다. 안내 데스크 뒤에서 음식을 먹는 것은 정중히 고객을 맞이해야 할 매니저로서 단정하지 못한 행동이었다. 하지만 마스터는 개의치 않았다.

“최 매니저님, 오늘도 파트타임으로 고생 많네요.”

매니저는 씹고 있던 음식을 꿀꺽 삼켰다.

“뭘요? 대단한 일도 아닌걸요.”

“얼굴이 훤해서 보기 좋네요.”

“네, 마스터님 덕택입니다. 스토어에서 행운을 얻어서 그래요. 호호.”

그녀의 이름은 최보라, 현재 스튜어디스로 일하고 있었다. 원래 먹성이 좋았던 그녀는 그토록 취업하고자 했던 항공사에서 번번이 탈락하자 실의에 빠진 채 폭식을 해댔다. 그러자 객실 승무원 합격권 체형이던 그녀의 몸은 한껏 불어났다. 면접 때 입은 정장이 맞지 않게 되자 그녀는 좌절감에 빠졌다. 그 무력한 시간이 육 개월 이상 지속되었다. 그런데 그녀는 강아지를 키우고 있었고, 유일한 낙은 대학생 때부터 정기적으로 해오던 유기견 봉사 활동이었다. 그녀는 봉사 활동을 하면서 마음을 다잡아 갔다. 버림받은 강아지들이 자원봉사자의 따스한 손길에 웃음을 되찾는 것을 보며, 자신도 꺾이지 말아야겠다고 각오했다. 그녀는 서서히 스튜어디스를 소망하며, 다시 취직 공부를 시작하고 체중 조절을 해나갔다. 그렇지만 체중 조절은 참으로 어려웠다.

그녀가 서울 외곽의 유기견 보호소에서 봉사를 마치고 집으로 돌아올 때였다. 들판에서 우연히 일곱 잎 클로버를 발견했다. 그녀는 속으로 "행운이 생기면 좋겠어"라고 말하며 그것을 다이어리 사이에 끼워 넣고 돌아왔다. 얼마 후, 집에서 클로버를 다이어리에서 꺼냈다. 그 순간 황금빛에 도취 된 그녀는 스토어로 초대되었고, 이곳에서 넉넉한 체형으로도 항공사 객실 승무원이 되는 행운 끌어당기기 비주얼라이제이션을 했다. 마침내 그녀는 아랍권 항공사에 채용되는 행운을 얻게 되었다.

최종 면접 시험장에는 오랜만에 아랍권 대표가 직접 승무원을 뽑아보겠다며 참석해 있었다. 스토어에서 행운을 약속받았지만, 후덕한 체형인 자신이 과연 합격할 수 있을지 걱정하던 최 매니저는 두 손을 허벅지 위에 올려놓은 채 불안한 눈망울을 굴렸다. 그녀를 본 아랍권 대표의 눈이 커지더니 "합격"을 외쳤다. 사실, 그 대표는 마마보이였는데 후덕한 체형의 최 매니저를 보는 순간 얼마 전 세상을 떠난 엄마의 얼굴이 떠올랐다. 눈이 크고, 볼살이 통통하며 짙은 황갈색 얼굴 피부는 아랍권 마마보이 대표의 엄마 얼굴 그대로였다! 이런 특별한 인연으로 최 매니저는 아랍권 항공사의 객실 승무원이 되었고, 현재는 화, 목 저녁 6시에서 9시까지 스토어에서 자원 봉사를 하고 있었다.

마스터를 따라 럭키가 로비로 나왔다. 원래 마스터는 럭키를 자신이 머무는 방에서만 풀어놓는 게 원칙이었다. 하지만 최 매니저에게서 나는 여러 강아지 냄새에 자극을 받은 럭키가 자꾸 로비로 나가려 해서 문을 열어줬다. 럭키는 앞을 보지 못하지만, 인기척만으로도 최 매니저가 어디에 있는지 잘 찾아갔다. 럭키는 그녀를 좋아했고, 그녀 또한 럭키를 귀여워했다. 마스터는 최 매니저와 몇 마디 주고받은 뒤 상담실로 돌아갔다. 럭키가 들어올 수 있도록 문을 살짝 열어두었다.

최 매니저는 럭키를 쓰다듬었다. 럭키는 기분이 좋아서 배를 까고 바닥에 발라당 누웠다. 럭키는 강아지 냄새가 나는 최 매니저에게 특별히 친밀감을 느꼈다. 특히, 그녀에게서 가장 강하게 느껴지는 냄새는 그녀가 키우는 푸들 냄새였다. 게다가 요즘도 유기견 보호소에서 봉사하는 최 매니저에게서는 다양한 강아지 냄새가 났다. 바닥에서 일어난 럭키가 킁킁거리며 최 매니저에게서 나는 냄새를 맡는 시늉을 하다가 로비 구석구석을 돌아다녔다. 잠시 후 꼬리를 흔들며 놀던 럭키는 보이지 않는 눈동자를 스토어 밖으로 돌리더니, 쪼르르 마스터의 방으로 들어갔다.

최 매니저가 밖을 내다보니, 흐트러진 장발의 청년이 다가오고 있었다. 그의 손에는 황금빛 일곱 잎 클로버가 들려 있었다. 매니저는 문을 열고 그를 맞이한 후 마스터의 상담실로 안내했다. 눈을 지그시 감고 있던 마스터가 청년 고객을 맞이했다. 청년의 눈빛은 다소 멍해 보였다. 그는 주위를 두리번거리다 입을 열었다.

"설마, 꿈은 아니죠? 전 아주 오랫동안 잠을 잤었어요."

"여기에 있는 것은 모두 실재하는 것입니다. 나도, 고객님도, 클로버포천스토어도 모두 실제로 존재하는 것이죠. 고객님은 손에 들고 있는 클로버를 발견하셨잖아요?"

청년은 손에 들고 있는 황금빛 일곱 잎 클로버를 바라봤다.

"그렇군요. 이런 일이 일어나다니, 신기하네요."

마스터는 청년이 오랫동안 잠을 잤었다는 말의 의미가 궁금해 그에게 물었다. 청년은 띄엄띄엄 말을 이어갔다. 자신은 7개월 동안 식물인간 상태로 병상에 있었고, 산소 부족으로 뇌와 폐를 비롯한 주요 장기가 망가졌다고 했다. 의사들은 자신이 얼마 지나지 않아 숨을 거둘 것이라 예측하고 있다고 했다. 그런 자신이 갑자기 눈을 떴다는 것이다.

식물인간 상태였던 그가 어떻게 이곳으로 올 수 있었을까?

그를 매일 보살피는 간호사가 있었다. 간호사는 젊은 청년이 식물인간이 되었을 뿐만 아니라 곧 숨을 거둘 운명이라는 사실에 마음 아팠다. 하루는 점심시간에 산책 중 일곱 잎 클로버를 발견하게 된다.

"어머, 잎이 일곱 개나 되네. 행운이 생기려나 봐."

그녀는 그것을 소중하게 백에 넣고 병원으로 돌아왔다. 그녀는 그 청년의 병실에 들렀을 때 클로버를 떠올렸다. 그 환자에게 행운의 클로버가 더 절실하게 필요할 것이라고 생각했다.

"이 환자가 건강하게 깨어나면 좋겠어. 그런 행운이 오면 좋겠어."

그녀는 일곱 잎 클로버를 청년의 병상 베개 밑에 넣었다. 며칠 후, 그 청년은 기적적으로 눈을 떴다. 평소처럼 환자 상태를 살피러 온 간호사는 눈을 번쩍 뜬 청년을 보고 깜짝 놀라 의사를 호출했다. 그는 기적의 사례가 되었지만, 안타깝게도 기억 상실을 진단받았다. 의사는 청년에게 경과 보고를 했다.

"환자는 화재 연기에 질식돼 병원으로 실려 왔고, 산소부족으로 뇌 기능이 정지되어 식물인간 상태였습니다. 7개월 정도 병상에 있었는데 현재도 몸 상태가 위중합니다."

청년은 눈을 껌뻑이며 잘 알겠다고 했다. 그는 의사 두 명이 자신이 한 달도 못 버틸 거라 이야기하는 것을 듣고 세상을 떠나야 하는 현실을 직면해야 했다. 어느 날 병실에 혼자 있을 때, 그는 혼자 힘으로 일어서려 했다. 이 과정에서 베개 밑의 일곱 잎 클로버를 발견했다. 그는 천천히 잎의 수를 헤아렸다.

'하나, 둘, 셋, 넷, 다섯, 여섯, 일곱 … 럭키 세븐이네.'

그 순간, 일곱 잎 클로버가 황금빛을 발했고, 그는 시공간 차원을 훌쩍 뛰어넘어 이곳으로 오게 되었다. 클로버포천스토어에 도착했을 때는 혼자 힘으로 걸을 수 있었다. 그 모든 시작은 한 간호사의 따스한 손길에서 비롯된 것이었다. 간호사는 자신을 위한 소망이 아니라 젊은 환자의 쾌유를 바라는 소망을 품었고, 정성껏 간호했다. 간호사로서 환자를 보살피는 마음이 누구보다 따뜻했다. 그 결과, 간호사는 황금빛 일곱 잎 클로버를 발견하게 되었다. 그리고 간호사는 그것이 절실한 환자에게 건넨 것이다. 이처럼 자신이 발견한 황금빛 일곱 잎 클로버를 이타적으로 다른 이에게 내어주는 일이 종종 있었다.

마스터는 청년의 처지가 애처로웠다. 팔팔한 청춘의 나이에 생을 마감해야 하다니 너무나 가슴이 미어지는 듯했다. 본래, 이미 세상을 떠난 사람과 가까운 시기에 세상을 떠날 것이 확정된 사람, 즉 머지않아 숨을 거둘 운명이 결정된 사람은 스토어에서 행운 끌어당기기 심상화가 불가능에 가까웠다. 이미 세상을 떠난 사람은 현실 세계에 존재하지 않으므로 원천적으로 불가능하며, 이처럼 곧 숨을 거둘 사람도 운명 지배의 힘인 아카식 레코드의 방해에 의해 기회가 주어지는 게 매우 어려웠다.

마스터가 잠깐 눈을 감고 청년의 몸 상태를 살펴보니, 그는 한 달을 넘기기 어려워 보였다. 따라서 그가 스토어에서 행운 끌어당기기 비주얼라이제이션을 하는 건 불가능에 가까웠다. 누군가의 도움의 손길에 의해 황금빛 일곱 잎 클로버를 접하게 되어 스토어를 방문할 수 있었지만, 딱 거기까지였다. 이 환자 고객의 경우, 기억이 상실되었기에 애초에 바라는 행운을 구체적으로 생생하게 심상화하기가 불가능했다. 따라서 아카식 레코드가 그냥 내버려 둬도 상관이 없을 터였다. 기억상실에 걸린 위중한 환자 청년에게는 행운이 요원했다.

마스터는 속마음을 숨기고, 여느 고객에게처럼 기회를 베풀어주는 듯이 행동하기로 했다. 마스터는 간략히 클로버포천스토어에 대해 설명한 후, 청년의 얼굴을 바라보며 미소를 지었다.

"어떤 행운을 얻고 싶으신가요?"

청년이 왼손을 들어 은반지를 보여주었다. 작은 글씨로 이니셜 'JH ♡ SW'가 보였다.

"잠에서 깨보니 손가락에 이니셜 은반지가 끼워져 있었어요. 이것은 누가 봐도 커플 반지예요. 제 이름과 여자친구의 이니셜이라고 생각해요. 전 제 이름과 더불어 여자친구 이름을 기억하지 못해요. 만약 저에게 행운이 생긴다면 이 여자친구를 꼭 만나 보고 싶어요."

마스터가 고개를 끄덕였다.

"기억이 상실되었다고 했지만, 흐릿하게 단편적으로나마 기억나는 게 있을까요?"

청년이 창문을 바라보다가 입을 열었다.

"기억을 잃기 전 화재가 났을 때가 토막토막 불현듯 떠오르긴 해요. 어느 식당이었고, 제가 주방에 있었어요. 그런데 주방에서 화재가 났어요. 금세 주위에 검은 연기가 가득했는데, 어디선가 한 여성이 살려 달라고 소리쳤어요. 제가 그쪽으로 달려가 보니 여성이 의식을 잃고 쓰러져 있었어요. 제가 착용하던 방연 마스크를 벗고 그 여성에게 끼워줬어요. 곧이어 저는 정신을 잃고 말았습니다. 이런 흐릿한 기억이 납니다. 이것이 제가 식물인간이 되기 전 마지막 기억인 듯해요."

마스터가 예리한 질문을 던졌다.

"고객님이 살신성인을 하셨네요. 자신을 희생해서 타인을 살리기가 쉬운 일이 아니죠. 혹시 그 여성이 지인은 아니었는지 궁금해지네요. 직장 동료였을까요?"

"글쎄요. 거기까진 잘 모르겠어요. 사실 저도 그 여성이 누군지 궁금하긴 해요. 지금 살아있기는 한 건지? 왜 제가 착용한 방연 마스크를 벗고 그 여성에게 끼워줬는지…."

마스터는 잠깐 눈을 감았다가 떴다. 앞에 앉아 있는 청년 고객을 뚫어지게 쳐다봤다. 청년은 왜 그러시냐는 듯한 표정을 지었다. 마스터가 뭔가를 짐작해냈다.

"화재 때 식당과 주방이 흐릿하게 떠오른다고 했잖아요. 내가 보기엔 고객님은 셰프였을 거라는 직감이 드네요. 주방에서 일할 때 화재 난 것으로 보입니다."

"내가 셰프였다고요? 정말 그럴까요? 지금 저는 요리에 대한 기억이 전혀 없어요."

이윽고 마스터는 행운의 구체적인 실현 장면을 코디해 주었다. 청년은 여자친구를 만나고 싶어 했지만, 얼굴을 기억하지 못했다. 또한 이니셜 'JH ♡ SW' 중에서 어느 것이 여자친구의 것인지 알 수 없었다. 이에 대해 마스터가 대책을 생각해냈고, 장소를 어디로 하면 좋겠냐고 물었다. 청년이 "어, 어, 어" 하다가 말했다.

"벚꽃 핀 거리가 희미하게 기억이 납니다."

"그곳이 고객님에게 뜻깊은 장소였을 거라 봅니다. 그러면 다 되었습니다."

마스터는 청년에게 눈을 감은 채로 이 문장을 외우라고 했다.

"반지에 새겨진 이니셜의 여자친구를 벚꽃 핀 거리에서 만나고 싶습니다."

청년은 〈연애와 사랑 양자의 방〉으로 안내되었고, 그곳 소파에 편하게 앉은 채로 계속해서 주문을 외웠다. 다른 고객의 경우 생생한 비주얼라이제이션을 통해 행운 끌어당기기가 수월하게 이루어졌지만 이번 경우는 예외적이었다. 기억 상실인 청년 고객의 머릿속에는 생생하게 떠오르는 게 없었고, 다만 속으로 끊임없이 앞서의 한 문장을 외웠다. 마스터는 아쉬움을 금할 수 없었다. 행운 끌어당기기의 핵심 포인트가 비주얼라이제이션이건만, 기억 상실인 이 청년 고객은 생생한 심상화가 힘들었으므로 행운이 찾아오는 게 어려웠다.

얼마 뒤, 청년 고객은 현실로 돌아왔다. 청년은 손에 쥔 황금빛 일곱 잎 클로버를 베개 밑에 두었다. 그다음 천장을 바라보며 누워서, 오랫동안 잠을 자 왔던 자신이 잠깐 특이한 꿈을 꿨다고 생각했다. 그나저나 의사가 한 달 정도밖에 그의 생이 남지 않았다고 할 만큼 몸 상태가 좋지 않았던 그 청년은 무언가를 오래 생각하는 것이 힘들었다. 그는 서서히 잠이 들었다. 머지않아 세상을 떠날 식물인간 청년은 꿈을 꿨다. 잠깐 의식이 돌아왔던 청년의 뇌가 희미한 기억을 되살려서 꿈으로 만들어 줬다.

화사하게 벚꽃이 핀 윤중로였고, 벚꽃을 배경으로 연인들이 사진을 찍고 있었다. 한 여성이 벚꽃 비를 맞고 있었다. 여성이 소리 내어 웃으면서 자신에게 손짓했고, 청년이 그녀에게 다가갔다. 그는 그녀에게 꽃다발과 향수를 건네주면서 고백했다. 그 다음 청년은 그녀를 가볍게 포옹했다. 여성의 목소리가 희미하게 들려왔다.

"네가 식당을 연다면 내가 인테리어 도와줄게. 내가 디자인 공부한 걸 자기 식당 인테리어 하는 데 활용해봐야지. 안 그래?"

여성은 환히 웃으며 깨끗한 치아를 드러내고 있었다. 여성의 얼굴이 서서히 지워지면서 다른 배경이 나타났다. 이번에는 식당이었다. 청년은 앞치마를 하고 주방에서 요리를 만들고 있었다. 주방장인 듯한 연장자 셰프가 나타나서는 실습을 잘하라면서 그의 어깨를 토닥였다. 그는 요리 만들기에 열중이었다. 그런데 갑자기 화재 경보음이 크게 울렸고, 이내 시커먼 연기가 앞을 가로막았다. 방연 마스크를 하고 급히 주방에서 빠져나온 그가 식당의 비상구 쪽으로 향했다. 그때였다. 비명이 들려왔고, 그다음 귀에 익은 음성이 전해졌다. 캄캄한 연기를 헤치고 그곳으로 다가갔다. 바닥에 쓰러진 여성을 일으켜 보니, 자신이 고백했던 여성이었다. 그는 전날 여성이 자신에게 보낸 카톡이 떠올랐는데, 메시지가 여성의 목소리로 들려왔다.

"내일 유명 맛집에 과 친구들이랑 가기로 했어. 내가 그 집 요리 맛을 보고 나서 자기에게 자세히 얘기해줄게. 자기 요리 공부하는 데 도움이 되면 좋겠어."

그는 자신이 착용한 방연 마스크를 여성의 입에 착용해줬다. 서서히 그의 의식이 희미해져 갔다. 꿈이 차츰 사라져갔다. 그러자 그는 다시 식물인간 상태로 되돌아가 버렸다. 이와 더불어 갈수록 그의 몸 상태가 악화되어 언제 생을 마감할지 몰라 의사와 간호사는 바짝 긴장했다.

새벽, 지희도 꿈을 꿨다. 지희는 작년에 한 식당을 찾아갔는데, 그곳에서 화재가 났었다. 지희는 과 친구 세 명과 레스토랑에서 식사를 하고 있었다. 지희는 흥겹게 떠들면서 맛있게 요리를 먹는 도중에 무심코 카톡을 확인했다. 메시지 세 개를 살펴봤다. 어제 남친에게 오늘 과 친구들과 유명한 식당에 가기로 했다고 자신이 보낸 메시지, 남친이 답해온 메시지, 그리고 그에 이어 자신이 답한 메시지였다. 남친의 메시지는 이 내용이었다.

친구들과 좋은 시간 보내. 난 내일부터 식당에 현장실습을 나가기로 했어. 열심히 해서 이번에 요리 자격증을 따낼 거야. 주말에 보자.

여기에 지희는 이 메시지를 보냈었다.

얼마 안 있으면 식당 사장님 되겠네. 자기가 식당 열면 내가 홍보 많이 해줄게. 파이팅! 우리 토요일 저녁에 보자. 사랑해♡

그녀가 보낸 메시지가 하트 이모티콘으로 공감되어 있었다. 그녀는 폰에서 시선을 떼고 친구들과 대화를 나누었다. 맛집으로 소개된 레스토랑인 만큼 음식 맛이 매우 좋았다. 이날 지희와 과 친구들은 함박스테이크를 시켜 먹고 있었다. 한참 식사하고 있을 때였다. 주방 쪽에서 웅성이는 소리가 들려오는 것과 함께 비명이 들려왔고 곧바로 화재경보기가 요란하게 울렸다. 매캐한 연기가 식당 홀 안으로 빠르게 뒤덮어왔다. 식당은 지하에 있었는데 순식간에 출입문으로 많은 사람이 몰려들었다. 주방에서 시작된 불이 출입구 쪽으로 옮겨붙자 출입문 앞은 아수라장이 되었다. 사람들이 뒤엉켰고, 일부 사람들은 바닥에 쓰러졌다. 사람들은 비상구 쪽으로 몰려가기 시작했다.

지희는 입을 손으로 막은 채로 비상구로 향했다. 과 친구들이 먼저 비상구 계단으로 빠져나갔고, 그녀는 뒤처져서 따라오고 있었다. 그녀는 무언가에 걸려서 바닥에 넘어지고 말았고, 검은 연기가 시야를 가렸다. 지희는 외마디 비명을 질렀다.

"아!"

그다음, 소리쳤다.

"살려주세요. 살려주세요. 여기 사람 있어요."

지희의 목소리를 누군가 들었다. 주방에서 나온 한 사람이었는데 연기에 가려서 얼굴을 식별하기 힘들었다. 그가 지희 곁에 왔을 때, 비상구 위의 천장이 와르르 무너지며 비상구 입구가 막혀버렸다. 그는 자신이 착용한 방연 마스크를 풀고 그녀의 입에 씌워주었다. 순식간에 연기가 가득해졌고, 서서히 지희의 의식이 희미해져 갔다. 그녀의 눈에 클로즈업이 되는 것이 있었다. 누군가의 손가락에 끼워진 커플 반지로, 자신의 반지와 똑같았다.

지희는 놀라서 눈을 떴다. 식은땀이 이마를 적시고 있었다. 작년에 자신을 괴롭혔던 화재 꿈이 되살아난 것이다. 작년 9월 초에 화재 사건을 겪고 나서 두어 달간 화재를 겪는 꿈에 시달렸지만 차츰 그 악몽이 사라져갔다. 식당 주방에서 생긴 화재였다. 다행히 자신을 포함해 고객들은 모두 무사했는데 다만 식당의 셰프가 크게 다쳤다는 이야기를 들었다. 지희는 그 셰프가 자신에게 방연 마스크를 내주고 살려줬다는 사실을 모르고 있었다. 그녀가 깨어나 보니 응급실이었으며, 다친 곳이 없어서 바로 퇴원했다. 그녀가 응급실로 실려갈 때, 그녀를 구해준 셰프도 함께 응급실로 실려갔었다. 지희는 셰프가 위독하다는 말을 들었지만 자신과는 아무런 상관이 없는 줄로 알았다.

꿈속에서는 누군가 자신에게 방연 마스크를 내주는 장면이 종종 떠올랐다. 지희는 그가 누군지 궁금했지만 알 길이 없었다. 화재 당시 대피하던 사람들 중 한 명이 자신을 구해줬을 거라고 추측을 했다. 설마 그 사람이 위독한 상태의 셰프인 줄은 꿈에도 생각하지 못했다. 그런데 오늘 꿈은 특이했다. 바닥에 쓰러진 자신의 시선에 커플 반지가 크게 들어왔다.

지희는 침대에서 일어났다.

'별일이야. 왜, 화재 꿈에서 커플 반지가 보인 걸까?'

지희는 생사의 위기에 내몰린 자신에게 남친과의 사랑을 상징하는 커플 반지가 떠올랐을 것이라고 생각했다. 어쩌면 마지막이 될지 모르는 순간이었으므로 자신에게 가장 소중한 것이 떠올랐으리라 생각했다. 그녀는 자신의 커플 반지를 바라보며 한숨을 내쉬었다.

'어쩌면 클로버포천스토어의 도움으로 선우와 재회하는 행운을 얻게 된다는 암시일지 몰라. 화재를 당한 나에게 커플 반지가 나타난 것처럼, 힘든 지금의 나에게 선우가 행운처럼 나타나면 좋겠어.'

지희는 선우와의 추억을 떠올렸다. 작년 4월초 윤중로 봄꽃축제 때, 선우의 고백 이후 둘은 급속히 가까워졌다. 아침에 깨어났을 때, 학교에 갈 때, 학교 강의를 들을 때, 알바를 할 때, 그녀는 그의 밝은 미소를 떠올렸다. 그리고 그의 곁에서 맡아지는 청량한 비누 향이 그녀의 가슴을 설레게 했다. 지희는 그가 보자고 할 때면 어김없이 그를 만났고, 또한 지희가 보자고 할 때 그는 달려왔다.

특히, 지희는 그와 팔짱을 끼고 거리를 걸을 때 세상을 다 가진 듯한 벅찬 느낌이 들었다. 거리를 지나가는 연인들과 무수한 사람들이 자신들을 쳐다는 보는 것 같았고, 어느 상점에서 들려오는 발라드가 자신들의 사랑을 위한 축가처럼 느껴졌다. 선우는 연남동에서 독서 모임이 끝나면 지희를 집까지 데려다줬다. 홍대와 합정의 대로변을 지나 그녀가 사는 망원역까지 오기도 했고, 주택가의 골목길을 가로질러 지희 집으로 오기도 했다. 그런 어느 날부터 둘은 따릉이를 탔다. 선우가 앞서가면서 지희를 보호해줬다. 지희는 서울에서 대학교 다니면서 혼자 자전거를 타본 적이 없었다. 남자친구가 생기자 자전거를 함께 타는 일이 신났다. 둘은 주말에 망원한강공원에서 자전거를 타기도 했다. 계절은 한껏 푸르러 갔고, 날씨는 따뜻해졌다.

지희는 그날을 잊지 못한다. 선우가 독서 모임 후 자신을 집까지 데려다주던 어느 날, 지희는 그를 자신의 집으로 초대했다. 선우는 그녀의 원룸을 둘러보다가 책꽂이에서 책을 꺼내 들며 여러 가지를 물어봤다. 그녀는 미소를 지으며 대답해줬다. 선우는 책을 덮고 나서 지희를 바라봤다.

"디자인 공부는 재밌어?"

"응, 적성에 맞는 것 같기도 해. 순전히 취직 목적으로 디자인을 택하긴 했지만, 그럭저럭 재밌어. 나중에 유명 패션 디자이너가 되어 돈을 많이 벌어볼까?"

지희가 그의 옷소매를 잡았다.

"농담이야. 패션 디자이너로 성공하기 쉽지 않아. 그래서 난 졸업하면 이름있는 기업체 디자인 부서에 취업이나 하려구. 월급쟁이가 제일 안정적이잖아."

둘이 웃음을 터뜨렸다. 선우가 창밖을 내다보고 나서 입을 열었다.

"난 요리학원 마치고 나서 식당을 할 건데 잘 될지 모르겠어. 식당 경쟁이 워낙 심하다 보니 성공하기가 낙타가 바늘귀를 통과하는 것만큼 어렵다고 해. 솔직히 내가 좋아서 이 길을 택하긴 했지만 떨리는 건 어쩔 수가 없어."

지희가 선우의 어깨를 잡았다.

"난 네가 대단하다고 생각해. 자신의 꿈을 위해 대학교를 중퇴하는 건 아무나 할 수 있는 일이 아니잖아. 네가 요리사가 되어 식당을 열면 내가 많이 도와줄게. 참, 식당의 얼굴인 간판은 내가 디자인해 줄게, 알았지? 선우야."

"그래, 간판은 지희가 예쁘게 만들어줘."

"공짜로?"

선우가 지희의 손을 잡았다.

"업계 최고의 대우를 해드릴게요, 지희 디자이너님. 대신 작품처럼 만들어주세요."

"당연하지. 내가 디자인 전공자로서 실력을 발휘할게. 근데 가게 이름은 생각해본 게 있어?"

"아직은 없어. 요리 학원에서 수업 듣고 요리 공부하느라 정신이 없어서. 지희 디자이너님이 의견을 말해주면 잘 반영해보죠."

"알았어. 내가 멋진 식당 이름을 틈틈이 생각해볼게. 업계 최고 대우, 그 약속 잊지 마?"

이날 선우는 집으로 돌아가지 않았고, 둘은 날이 밝아올 때까지 대화를 나누었다. 시간은 빠르게 흘렀고, 그가 고백한 지 100일째 되는 날이었다. 그가 성수동에서 보자고 했고, 식사를 마친 뒤 거리를 걸을 때 지희에게 이벤트를 준비했다고 말했다. 지희를 데리고 근처의 주얼리 공방으로 향했다. 선우가 공방 앞 유리창을 가리켰다.

"오늘 내가 고백한 지 100일째 되는 날이야. 기념으로 커플 반지를 맞추자."

지희는 날아갈 듯 기뻤다. 둘은 공방에 들어간 후 마음에 드는 반지를 골랐고, 그 위에 새길 이니셜을 적어서 사장님에게 건넸다. 이니셜 'JH ♡ SW'가 새겨진 은반지가 탄생했다. 지희는 시간이 흘러도 변치 않고 선우를 사랑하겠노라 속으로 맹세했고, 선우는 지희와의 사랑에 대한 책임감을 느꼈다.

추억에 잠긴 지희는 침대에 누워 커플 반지를 매만지며 선우를 떠올렸다. 행복했던 기억들이 어제 일처럼 생생하게 떠오르자, 그녀는 미소를 머금은 채 스르르 잠이 들었다.

8
사랑공포증 여성의
용서와 상처 치유

수요일, 지희 매니저의 파트타임 근무 날이다. 출근한 지희 매니저가 상담실에 들어와 상냥하게 웃으면서 마스터에게 인사를 건넸다. 지희 매니저가 두 손을 모으고 고개를 끄덕인 뒤, 고개를 들었다. 그날따라 마스터의 눈에 지희 매니저의 반지가 유난히 반짝거렸다. 은반지였다. 젊은 연인들이 많이 하는 커플 반지로 보였다. 이상하게 어젯밤 젊은 환자 고객의 커플 반지가 떠올랐다. 마스터가 지희 매니저에게 잠깐 앉아보라고 했다.

"지희 씨의 남자친구 이름이 뭔가요?"

지희는 느닷없는 질문에 놀라는 눈치였다.

"갑자기 남친 이름을 …. 김선우예요."

"성을 뺀 이름만 영문 이니셜로 하면 SW가 되겠네요."

"그쵸."

"지희 씨의 이름 영문 이니셜은 JH고요."

"네."

마스터는 어제 찾아온 환자 고객의 커플 반지에 새겨진 이니셜 'JH ♡ SW'를 떠올렸다. 우연한 일치였다. 마스터는 지희 매니저에게 잠깐 반지를 보자고 했다. 그녀는 순순히 반지를 건넸다. 형태나 디자인이 어제 본 그것과 매우 유사했다. 결정적으로 이니셜이 똑같았다. 마스터는 아무렇지도 않은 듯이 반지를 돌려주었다.

"남친을 보고 싶은 마음은 변함이 없겠죠?"

"두말하면 잔소리죠. 전 무슨 일이 있어도 선우를 꼭 만나고 싶어요."

마스터는 지희 고객의 행운 끌어당기기 비주얼라이제이션이 아카식 레코드의 방해를 받는 원인을, 재회하려는 남자친구가 이미 세상을 떠났거나 곧 세상을 떠날 운명을 가지고 있기 때문이라고 추측하고 있었다. 운명에 사람들의 삶을 예속시키려는 아카식 레코드의 힘 때문에 세상을 떠났거나 곧 숨을 거둘 운명인 사람과 재회를 바라는 행운 끌어당기기는 불가능에 가까웠다. 세상을 떠난 사람을 살아 있는 사람으로 만들어 재회하게 할 수 없듯이, 곧 숨을 거둘 사람을 운명을 거슬러 건강한 사람으로 재회하게 하는 것은 마스터와 클로버포천스토어가 할 수 없는 일이었다. 만약 지희 고객이 바라는 대로 남자친구가 건강한 모습으로 지희 고객과 재회하게 된다면, 그 남자친구는 현실 세계에서 건강하게 살아가게 된다. 그러기 위해서는 남자친구가 영면의 손아귀에서 벗어나 있어야 한다. 살아있고, 앞으로 살아갈 시간이 많은 사람만이 행운 끌어당기기 비주얼라이제이션을 통해 재회할 수 있었다.

어쩌면 어젯밤에 찾아온 청년 환자 고객이 지희의 남자친구일 수 있었다. 똑같은 이니셜의 커플 반지를 낀 그 청년이 그토록 지희 고객이 재회하고자 하는 남자친구일 가능성이 매우 높았다. 마스터가 궁금한 점을 물어봤다.

"남친의 나이와 외모를 알려주실 수 있어요?"

지희가 중단발머리를 손끝으로 쓸어올리며 말했다.

"선우는 저와 동갑으로 23세이고, 마른 체형에 키가 182입니다."

지희도 마른 체형이었고, 키는 165센티미터였다. 어젯밤에 찾아온 청년 환자 고객과 거의 일치했다.

"지희 씨가 애타게 기다리던 남친과 재회하는 행운이 빨리 찾아오길 바랍니다. 나도 더 노력해볼게요."

"신경 써주셔서 감사합니다. 마스터님, 혹시 오늘은 가능하지 않을까요? 행운 끌어당기기 비주얼라이제이션요."

마스터는 고개를 끄덕였다.

"이따 한 번 시도해 보죠."

지희 매니저가 상담실 밖으로 나갔다. 그녀의 뒷모습을 보는 마스터의 생각이 복잡했다. 마스터는 자리에서 일어나 작은 방에서 럭키를 꺼낸 후 자리에 돌아와 앉았다. 앞이 안 보이는 럭키를 쓰다듬으며 생각을 정리해 나갔다.

'어제 찾아온 청년 환자 고객이 지희의 남자친구가 확실하구나. 지금 어떤 상태인지 살펴봐야겠어. 아쉽게도 생의 마지막 길목에 이른 기억상실의 그 청년이 행운을 만나는 건 힘들지.'

마스터는 두 눈을 감고 '제3의 눈(The Third Eye)'의 여행을 했다. 지구 별이 보이다가 점차 한 대륙이 나타나더니 작은 반도가 보였고, 이내 병원이 나타났다. 곧이어 병실이 보였는데, 식물인간 상태로 누워 있는 어젯밤 방문 고객이 보였다. 곤히 잠들어 있는 듯했지만 혈색이 몹시 좋지 않았다. 그의 곁에 있는 의사들이 한 달을 견디기 힘들 것이라며 착잡한 표정을 짓고 있었다. 마스터는 크게 상심하며 두 눈을 떴다.

'이 일을 어쩌나? 청년이 머지않아 세상을 떠나야 할 운명이라면 지희 고객이 재회하는 행운을 얻는 게 불가능에 가까워. 영면이라는 운명을 결정한 아카식 레코드의 손아귀에 든 이상 어쩔 도리가 없구나.'

이날, 스토어에는 한 명의 고객이 방문했다. 사는 게 사는 것 같지 않은, 무기력하고 공허한 나날을 보내고 있는 한 사람이 찾아와서 행운의 기회를 얻었다. 찾아온 고객은 30대 중반의 프리랜서 여성 북디자이너였다. 최미영이라는 이름의 그녀는 중견 기업체에서 산업 디자이너로 일하다 몇 해 전 퇴직 후 프리랜서로 책 디자인을 해오고 있었다. 경제적으로는 큰 부족함이 없었지만, 정서적으로는 매우 삭막한 삶을 살고 있었다. 여성은 이성과의 사랑에 대한 공포감 때문에 남자를 사귀지 못하고 나이를 먹고 있었다.

그녀는 중산층의 가정에서 두 자매의 막내로 태어났는데, 어릴 때 부모님이 심하게 다투었다. 아버지가 늘 술에 취해 귀가하면 폭군처럼 엄마와 두 딸에게 마구 폭행을 일삼았다. 어머니가 소리를 지르며 아버지의 폭력에 맞섰지만 늘 결과는 같았다. 여성은 멍든 얼굴로 눈물을 훔치는 어머니를 자주 보았다. 언니와 자신도 자주 종아리에 회초리 자국이 나 있었으며, 자매는 공원에서 추위에 떨다가 아버지가 잠든 늦은 밤에야 귀가하는 날이 많았다. 특히 막내인 여성은 집안에서 찬밥 신세로 지냈다. 아들을 원했던 부모의 기대를 충족하지 못한 탓에 시도 때도 없이 화풀이 대상이 되곤 했다.

"딸이라니 … 낳고도 후회만 된다."

더욱이 언니와 여성은 늘 비교의 대상이 되었다. 어머니는 이렇게 말했다.

"언니는 공부도 잘하고 집안일도 척척 돕는데, 넌 왜 그 모양이니?"

아버지도 가차 없었다.

"첫째는 예뻐서 시집 잘 갈 거야. 아빠 담배 심부름도 잘하고. 참 속도 깊지. 근데 둘째는 피부가 까무잡잡하고 하는 짓이 얌전하지 않아서 진짜 내 자식이 맞긴 맞나 몰라. 마누라 몰래 유전자 검사라도 해봐야 하나?"

초등학교 입학 전, 아직 아이였을 때 여성의 뇌리에 깊은 상처가 새겨졌다. 성인이 된 후에도 부모님이 내뱉은 가시 박힌

말들이 잊히지 않았다. 여성이 고등학교에 다닐 때였다. 주위 친구들이 아무렇지 않게 남자친구 사귀는 것을 지켜보자니 두려움이 엄습해왔다. 아버지와 어머니가 고래고래 소리 지르며 다투던 모습이 떠올랐다. 안방 장롱 안에는 젊은 시절의 아버지와 어머니가 다정하게 손잡고 찍은 사진이 있었지만, 현실은 정반대였다. 서로 사랑하던 부모님이 어떻게 이럴 수 있는지 혼란스러웠다.

'나도 엄마처럼 될까 두려워. 사랑이 언제, 어떻게 변할지 너무나 무서워. 차라리 혼자 사는 게 홀가분하고 좋을 거 같다.'

이 여성에게 대시하는 남자 고등학생이 두 명 있었다. 한 명은 필승 수능의 각오로 까까머리를 했는데, 등하교 버스에서 마주친 여성을 뒤따라가 씩씩하게 "우리 사귀자!"라고 했다. 여성은 깜짝 놀라서 도망쳤다. 까까머리의 당돌한 대시에 놀란 게 아니라 사랑 자체를 두려워했기 때문이었다. 또 한 명은 미술 실기 대회에서 만난 다른 지방의 남자 고등학생이었다. 그가 호감을 보이며 폰 번호를 물었을 때, 그녀는 즉각 겁을 먹고 그날 실기시험을 완전히 망쳤다. 여성은 이성과의 사랑을 감당할 용기가 나지 않았다.

여성은 미대에 진학했지만, 그곳에서 고통스러운 나날을 보내야 했다. 캠퍼스는 늘 사랑의 축제가 벌어지는 곳이었다. 그녀는 부모님으로부터 언니보다 못하다는 꾸지람을 들으며 자라다 보니 자격지심이 생기고 말았는데, 그로 인해 이성과의 사랑에 대한 자신감이 더더욱 없었다. 자신이 사랑할 자격이 있는지 의구심을 품었던 그녀는, 이성과의 사랑을 생각하면 곧바로 부부 폭력이 떠올랐기에 이성을 만나는 게 두려웠다. 점차 사지 멀쩡한 청춘의 여성이 남자친구를 사귀지 않고 혼자 지내는 것이 익숙해졌다. 하지만 주위 사람들의 시선이 점점 부담스러워졌고, 누군가 수군거리는 것만 같았다.

"참 이상해. 단체 미팅에 한 번도 참석하지 않잖아. 대기업 취직 준비하는 것도 아닌데 무슨 이유로 그 좋은 연애를 안 하는 거지? 말 못 할 콤플렉스라도 있는 거 아냐?"

"혹시, 결혼을 약속한 남자가 따로 있는 거 아냐? 학교 밖에서 몰래 만나는 걸지도 몰라. 나이 차가 많아서 비밀 연애를 하는 걸 수도 있지."

"아냐, 저 친구는 독신주의자인 것 같아. 딱 대놓고 말하진 않았지만 하는 걸 보아하니 평생 독신으로 사는 게 꿈인 거 같더라. 하긴, 남자친구가 바람피우는 꼴을 보지 않고 속 편하게 혼자 사는 게 좋긴 하겠다."

여성은 자신이 독신주의자로 알려지길 바랐다. 그러면 남자 친구 사귀지 않는 게 이상하지 않게 보이기 때문이었다. 자기 입으로 "실은 나 독신주의자야"라고 말한 적은 없었지만, 주위 사람들은 점점 그렇게 인식하기 시작했다.

그녀에게 한 남자 대학생이 접근했다. 같은 학교 경영학과 복학생으로 졸업 후 취직과 결혼이라는 두 가지 꿈을 이루려고 했다. 그는 평소 경영학과 도서관에서 취업 시험 준비에 매진함과 동시에 틈틈이 미대 건물 근처를 어슬렁거렸다. 어느 해 5월, 대학 축제가 성대하게 열렸다. 그 남자 대학생은 큰 포부를 품고 도서관에서 공부하는 것은 하루 쉬기로 했다. 미대 건물에 들어가서 산업디자인과 학과실 앞 복도를 배회하면서 그 여대생을 기다렸다. 여성이 친구들과 헤어져 홀로 걸어오고 있는 모습이 보였다. 경영학과 남자 대학생이 다가와 말을 걸었다.

"일주일 전에 쪽지를 드렸었는데요. 저 기억하시죠?"

여성은 깜짝 놀랐다. 그가 축제 때 보자며 쪽지를 건넸었다. 여성은 그 남자 대학생의 외모를 그다지 나쁘게 평가하지 않았다. 원래 남자에게 관심을 가지지 않았던 여성에게 그 남자 대학생은 나름 호감형이었다. 그렇지만 여성은 그와 연애할 것을 생각하자 두려움이 몰려왔다. 사랑은 왠지 모르게 불길하게 느껴졌다. 여성은 그 불길한 운명에 휘말리고 싶지 않았다.

"저 오늘 남자친구와 약속이 있어요."

당황스러운 상황을 피하고자 거짓말로 둘러댔다. 경영학과 남자 대학생은 '연애 타깃 분석'이 철저했다. 사전에 그 여성이 다니는 산업디자인과의 다른 여대생과 사귀는 자신의 경영학과 키 큰 후배에게 여성의 신상을 조사하게 했다. 결론은 남자친구가 없으며, 당분간 생길 가능성도 없다는 것이었다.

"그러지 말고 저랑 오늘 데이트하시죠. 남자친구 없다는 거 다 알아요."

여성은 '데이트'라는 말에 가슴이 뛰는 것은 어쩔 수 없었지만, 곧 초조해졌다. 그와 함께 여성은 자신이 뒷조사를 당한 것 같아서 극도로 예민해졌다.

"남자친구 없다는 거 다 안다는 말이 뭔 말인가요? 초면에 심한 실례가 되는 말인 것 같네요. 전 예의 없는 사람에게 관심이 없거든요. 그럼 이만."

경영학과 남자 대학생은 '소비자의 니즈를 파악해야 매출을 올릴 수 있다'는 어느 경영인의 성공스토리 책의 한 구절을 떠올렸다. 앞에 있는 소비자, 곧 여성의 니즈는 예의 있는 사람임을 간파한 그는 기지를 발휘했다.

"댁이 남자친구 없다는 거는 산업디자인학과에 다니는 지인에게 우연히 들었어요. 내가 선을 넘은 것 같아 죄송해요. 사과드릴게요."

우연히 주워들었다고 거짓말을 하면서 고개를 꾸벅 숙이며 예의 바른 남자로 어필했다. 여성이 보기에 자신보다 약간 키가 크고 통통한 체형의 경영학과 남자 대학생이 어딘가 모르게 재미있는 구석이 있어 보였다. 다소 긴장이 풀렸다. 여성은 자신이 지나치게 날카롭게 반응한 것 같다고 느꼈다.

"나에 대해 우연히 들었다니, 그럴 수도 있겠네요. 근데 지금 가봐야 해서요."

이 타이밍을 놓치지 않고 경영학과 통통한 체형의 남자 대학생이 파고들었다.

"사과의 의미로 오늘 내가 모시겠습니다. 요 앞의 호프집 맥주 정말 시원해요. 오늘 하루 피로를 싹 풀어드립니다!"

잘 말하다가, 호프집 알바할 때의 말투가 튀어나왔다. 여성이 재밌다는 듯이 웃었고, 호프집 알바 3년 경력의 현 경영학과 복학생인 남자 대학생도 호탕하게 웃었다. 여성이 잠깐 시간을 내주겠다고 하자, 남자는 요 앞의 호프집으로 앞장섰다. 호프집에는 축제를 기념하여 단체 미팅을 하느라 정신없는 대학생들로 득시글거렸다. 둘은 구석에 자리를 잡았다. 여성이 보여줄 게 있다며, 다이어리 사이에 끼워둔 경영학과 남자 대학생이 건넸던 쪽지를 꺼내 보여주었다. 어찌어찌 버려지지 않고 용케 여기에 남아 있었다면서, 이것도 다 인연이라고 여성이 말했다. 그 말을 들은 호프집 알바 3년 경력의, 소비자 니즈에 정통한 경영학과 복학생은 속으로 '취직하고 대출해서 작은 아파트를 장만하면 준비 완료'라는 몽상을 했다. 여성은 마른안주만 입에 댔지만, 복학생은 열정을 못 이기는 탓에 벌컥벌컥 생맥주 500cc 세 잔을 비웠다.

복학생은 자기 이야기를 많이 했고, 여성은 싫지 않은 듯 미소를 지어 보였다. 복학생은 평소 면접 준비 삼아 스피치 연습을 해둔 것이 참 다행이라고 생각하며, 면접 스킬을 요소요소에 적용했다. 사투리를 삼가고 또박또박 발음하며, 시선을 상대의 미간에 두는 것을 잊지 않았다. 복학생은 가슴이 두근거렸지만 여성의 미간에 시선을 고정하니 조금 마음이 편했는데, 그러다 보니 쓸데없는 말을 많이 쏟아냈다. 군대에서 연대장 표창장을 받은 이야기와 경영학과 복학생 모임 대표를 맡고 있는 것 그리고 자신은 리더십이 강하다는 점을 강조했다. 여성은 특별히 싫어하는 기색 없이 복학생의 이야기를 다 들어줬다. 두 시간이 지났을 무렵, 여성이 집에 가봐야 한다고 말하자, 복학생이 다음 주 약속을 잡자고 했다. 여성은 망설였다. 그날 그녀는 복학생에게서 이성으로서보다는 재미있는 대학교 선배를 만난 느낌을 받았다.

"쪽지에 연락처가 있으니까, 내가 연락드릴게요."

그 뒤로 여성은 연락을 주지 않았다. 사랑을 했다가 감당할 수 없는 일이 생길까 두려웠다. 복학생은 이제나 저제나 기다리다가 쿨하게 잊기로 했다. 복학생은 한때 사귀려 했던 까무잡잡한 피부의 산업디자인과 여대생과 달리, 피부가 하얗고 키가 작은 간호대 졸업반 여대생을 소개받아 진지한 만남을 이어갔다.

대학을 졸업해 회사에 취직한 여성. 이 여성에게 몇 차례 대시하는 남자가 있었지만, 여성은 단호하게 "노!"를 외쳤다. 사랑을 한다는 것 자체가 너무나 버겁게 느껴졌다. 이제는 결혼을 염두에 두고 이성을 만나야 할 시점이었지만, 여성은 자신이 화목한 가정을 꾸리고 아기를 키울 수 있을지 확신하지 못했다. 친구들의 1/3은 결혼했고, 1/3은 연애 중이며, 1/3은 연애 휴식기였지만 그 여성은 이성과의 사랑을 감히 상상조차 할 수 없었다.

일에 몰두하다 보면 사랑 없이도 살 수 있을 거라 믿었다. 그렇지만 갈수록 지쳐갔고, 회사 동료의 눈치가 보여 퇴직 후 프리랜서로 생계를 이어갔다. 전화와 메일로 연락을 주고받으며, 가끔 외주 미팅을 나가면서 혼자 지내왔다. 서서히 삶이 텅 빈 것처럼 느껴지기 시작했다. 일에도, 옷과 화장품을 사는 것에도 흥미를 잃어버렸고 잠을 자는 시간이 많아졌다. 키우던 화분의 화초들이 다 말라버렸고, 각종 쓰레기들이 거실과 안방에 발 디딜 틈 없이 어지럽혀져 있었다. 점차 숨 막히는 나날이 이어지면서 여성은 살아가는 의미와 보람이 느껴지지 않았다.

최근, 여성은 아동 출판사로부터 아동 그림책 디자인 작업 의뢰를 많이 받고 있었다. 작업한 책이 열다섯 권이 넘었다. 여성은 아동 그림책을 디자인할 때마다 자신도 가정을 꾸리고 예쁜 아기를 낳을 수 있었으면 하고 생각했다. 그림책 속 아기를 보면, 저절로 자신도 엄마가 되고 싶었다. 하지만 그러려면 남자를 만나 사랑을 해야 하는데, 그건 쉬운 일이 아니었다. 여성은 남자와 사랑하지 않고 혼자로 살아가는 것을 운명처럼 받아들이고 있었다.

하루는 여성이 늦게 일어나 베란다로 가서 창문을 열었다. 낮에 집에서 디자인 작업을 할 때마다 베란다 문을 열어두곤 했다. 그녀의 눈에 시들어버린 화초들이 들어왔다. 말라비틀어진 화초들을 보니 자신의 처지와 비슷하다고 여겨졌다. 그런데 짙은 녹색 잎사귀가 눈에 들어왔다. 생기를 잃어버린 화초의 화분 귀퉁이에 클로버가 자라나 있었다.

'와, 이럴 수가. 행운이 생기려나?'

여성이 그것을 자세히 들여다보니 일곱 잎 클로버였다. 그녀는 자신에게 행운이 생기길 바라며 그것을 따서 거실로 들어갔다. 거실에 발을 디디는 순간, 들고 있는 클로버에서 황금빛이 찬란하게 빛났고 여성은 시간·공간의 차원 이동이 되었다.

클로버포천스토어에 방문한 여성은 지희 매니저의 안내를 받고 상담실로 들어갔다. 마스터가 일어나 그녀를 반겼고, 둘은 탁자를 사이에 두고 소파에 앉았다. 여성은 머리를 다듬지 않고 길게 늘어뜨리고 있었고, 피부가 푸석푸석해 보였다. 마스터는 스토어에 대해 소개하며 고객에게 행운을 드린다고 설명했다. 긴가민가하던 여성은 손에 든 황금빛 일곱 잎 클로버를 보며 '나에게 놀라운 행운이 생겼구나'하고 속으로 생각했다. 행운이 그토록 절실했기에 여성은 의구심을 거두고 마스터의 말을 다 믿기로 했다. 여성은 고민 상담을 하고 싶었다.

“어릴 때 가정폭력이 심한 환경에서 자랐어요. 그러다 보니 남자와 사랑하는 것과 가정을 만드는 것에 대한 두려움이 생겨났어요. 사랑하던 연인도 끝내 서로 상처를 주고 결국 외면하는 사이가 되고 말잖아요. 사랑, 결혼, 가정 그리고 아이에 대한 용기가 나지 않아요. 그리고 저는 언니가 한 명 있는데 늘 비교를 당하고 꾸지람을 들어왔어요. 그러다 보니 매사에 자신감이 없는 아이가 되고 말았죠. 그래서 저는 더더욱 사랑할 자신감이 없어요. 저는 어떡하면 좋죠? 사랑하지 못할 운명인가요?”

여성은 눈물을 보였고, 마스터는 그녀를 측은하게 바라봤다.

“사랑 공포증이군요. 어릴 때 생긴 트라우마로 인해 사랑할 자신감이 생기지 않고 사랑을 두려워하게 되었네요. 어떤 분은 사랑하는 사람을 애타게 그리워하지만 만나지 못해서 고통스러워하기도 하는데, 고객님은 아예 사랑조차 하지 못하는 케이스군요. 한창 연분홍빛 사랑을 만끽할 나이이신 듯한데 안타깝네요. 그렇지만 이제는 마음 놓으셔도 됩니다. 이곳에서 고객님이 간절하게 바라는 행운을 조건 없이 드리겠습니다.”

마스터는 여성에게 진정으로 바라는 것과 그것을 위해 실천한 것을 말해보라고 했다. 여성은 잠시 생각에 잠겼다가 입을 열었다.

"저는 … 사랑하고 싶지만 사랑하지 못하고 있어요. 사랑을 진심으로 소망해 왔지만 좌절하고 말았어요. 근데 최근에 아동 그림책 디자인 작업을 하면서 '나도 사랑을 하고 싶다, 예쁜 아이를 낳고 싶다'라는 소망을 조금씩 키워왔고, 그러면서 내 상처가 아물어지길 바라왔어요. 저는 사랑을 하기 위해 마음의 상처를 치유하고 싶어요. 아동 그림책 작업을 하면서 조금씩 상처가 치유되어 건강한 사랑을 할 수 있게 되길 바라왔어요."

여성은 호흡을 고른 뒤 말을 이었다.

"그리고 실천이라면 … 작년부터 일기를 써오고 있어요. '트라우마가 극복되길'이라는 구절을 거의 매일 써왔습니다. 그 글귀 옆에는 예쁜 아기 얼굴을 그렸고요. 이게 상처를 치유하기 위한 실천인지는 잘 모르겠어요."

"소망의 문구를 날마다 작성하는 것은 소망을 향한 실천입니다. 고객님에게 행운이 온다면 그것은 상처 치유이겠군요."

"네."

여성 고객이 바라는 행운은 마음의 상처 치유로 결정되었다. 마스터가 여성 고객의 행운이 구체적으로 실현된 장면을 코디하는 차례가 왔다.

"지난날의 상처를 치유하려면, 부모님을 용서하는 게 제일 좋은 방안이라고 생각하는데 어떠세요?"

여성은 살짝 놀라는 듯했다. 다소 떨리는 목소리로 입을 열었다.

"전 한 번도 부모님을 용서하는 걸 생각해본 적이 없어요."

"고객님 마음의 상처를 아물게 하려면 부모님과 화해를 해야 합니다. 고객님을 낳아주고 길러 주신 부모님은 결코 완벽한 인간이 아니에요. 부모님도 실수하며 살아가는 사람들이랍니다. 부모님은 고객님에게 트라우마를 남기고 싶어서 그런 건 아니겠지요. 가정을 꾸리고, 자녀를 기르며 생계를 이어가다 보면 부부 사이에 예기치 않은 갈등이 생길 수도 있지요. 또 두 딸을 키우면서 본의 아니게 고객님에게 상처를 주는 말실수도 했겠고요. 이제는 연로해지신 부모님을 연민의 마음으로 껴안아 주세요. 그래야 상처 치유가 되고, 사랑할 용기가 생기게 된답니다."

여성은 어깨를 들썩이며 주르르 눈물을 흘렸다.

"내 마음속에 생긴 상처는 부모님 때문에 생긴 거잖아요. 근데 부모님을 용서하라니요? 내가 왜 용서해야 하는지 모르겠어요. 흑흑."

여성은 사춘기 시절과 대학생 때 부모님을 많이 원망했었다. 자기 인생을 망친 게 부모님 때문이라는 생각에 사로잡혀 있었다. 그렇지만 여성은 사회생활을 하며 서서히 마음의 응어리가 조금씩 풀리기 시작했다. 부모가 되어 자식을 키운다는 게 얼마나 힘든 일인지 깨달았기 때문이다. 그녀는 이혼, 부부 폭행 등으로 인한 불행한 가정을 숱하게 봐왔다. 많은 사람이 완벽하지 않은 가정에서 살아가고 있었고, 그것을 당연하게 받아들이고 있었다. 점차 삼십 대 중반의 여성에게는 부모님을 받아들일 수 있는 마음의 여유가 생기고 있었다.

마스터는 여성이 실컷 울도록 내버려 두었다. 여성은 한참 후련하게 울음을 쏟아냈다.

"요즘 들어 부모님이 불쌍하다는 생각이 들긴 했어요. 그렇지만 용서까지는 나아가지 못했어요."

"오늘, 클로버포천스토어에서 용서해보세요. 힘들겠지만 고객님 자신을 위해서, 사랑을 하기 위해서요."

여성이 길게 한숨을 내쉬며 고개를 끄덕였다.

"한 번 해볼게요. 용서하려면 어떻게 하면 될까요?"

"실현 가능한 방법으로 부모님을 용서하는 구체적인 장면을 말해주세요."

여성이 잠시 생각한 뒤, 행운이 실현된 구체적인 장면을 말했다.

“부모님께 식사를 대접해 드리고 싶어요. 호텔 식당에 초대해 드리고 싶어요. 그리고 … 식사 자리에서 저를 잘 키워주셔서 감사하다는 말씀을 드리고 싶습니다.”

마스터가 “잘했어요”라며 기특하다는 표정을 지었다. 이윽고 지희 매니저가 그녀를 4층의 〈마음 치유 양자의 방〉으로 안내했고, 그곳에서 여성은 생생하게 행운 끌어당기기 심상화, 곧 비주얼라이제이션을 실시했다. 여성의 행운 끌어당기기 심상화는 순조롭게 이루어졌고, 끝났을 때 여성의 뺨은 흠뻑 젖어 있었다. 여성은 스토어를 떠났고, 시공간 차원 이동을 하여 현실로 돌아왔다.

여성은 거실에서 황금빛 일곱 잎 클로버를 든 자신으로 돌아갔다. 여성은 참 신기하고 놀라운 일을 겪었다며 흥분을 감추지 못했다. 잠깐 소파에 앉아 생각을 정리하고 심호흡을 한 후 스마트폰을 들었다. 여성이 어머니에게 이번 주 토요일에 약속이 있으시냐고 톡을 보내자, “연락도 잘 안 하던 애가 갑자기 웬일이냐”며 엄마는 한가하다고 답했다. 여성은 호텔식당 예약을 한 후, 아버지와 함께 오시라고 톡을 보냈다. 궁금증과 노파심이 많은 어머니는 “혹시 남자 보여주려는 거니?”라고 물으려다, 딸이 남자를 사귈 상태가 아니라는 걸 잘 알기에 "안 좋은 일 생긴 거 아니냐"라고 물었다. 여성은 "안 좋은 일이 아니라 좋은 일이에요. 와보면 알 거예요"라고 답했다.

며칠 후, 토요일 오후 호텔 식당. 클로버포천스토어를 다녀온 후 무척이나 삶의 의욕과 생기가 넘친 여성은 짙은 색조 화장으로 어두운 피부를 가렸고, 화사한 색상의 옷을 입고 나타났다. 여성이 여유롭게 미소를 지으며 부모님을 맞았다. 어젯밤에 거나하게 한잔했던 아버지는 숙취에서 벗어나지 못한 얼굴로 이상하다는 표정을 지었다. 아버지는 오랜만에 옆에 바짝 앉은 어머니가 불편했는지 의자를 옆으로 조금 뺐다. 여성이 "맛있게 식사하세요"라고 하자, 아버지는 우선 귀한 음식을 먹어보자는 생각으로 식사를 시작했다.

여성이 클로버포천스토어에서 행운 끌어당기기 비주얼라이제이션을 했던 장면이 현실에서 그대로 이어졌다. 이제 하이라이트가 남았다. 부모님이 식사를 마치자, 여성이 심호흡한 뒤 말했다.

"아빠, 엄마. 저를 키워주셔서 감사해요. 너무 늦게 이런 말씀 드리게 되어 죄송해요."

아버지가 놀란 표정을 지었고, 어머니가 눈물을 글썽였다.

어머니가 아버지의 손을 잡자, 아버지는 체면을 차리려는 듯 말
했다.

"내가 잘해준 것도 없는데…. 미안하다, 딸아."

어머니도 한마디 보탰다.

"얘가 어른이 다 됐네. 아휴, 내가 핀잔을 많이 해서 섭섭했
을 텐데."

그 말을 들은 여성이 왈칵 울음을 터뜨렸다. 엄마에게 다가
와 손을 잡았는데, 엄마 손에 검버섯과 주름이 가득한 것을 보
자 더 크게 울었다. 엄마는 여성의 등을 토닥이며 눈물을 훔쳤
고, 아버지도 속으로 흐느끼며 울음을 삼켰다.

이날 이후, 여성에게 큰 변화가 생겼다. 화사한 꽃무늬 옷과
화장품, 액세서리 등을 대거 구입했다. 평소에는 인터넷 쇼핑몰
에서 구매했지만, 봄 날씨를 즐기며 번화가로 나가 이것저것 가
성비를 따지며 직접 쇼핑했다. 확실히 집 안보다는 밖이 훨씬
사람 사는 느낌이 들었다. 자신도 살아 있다는 걸 느꼈고, 어떻
게 하면 어두운 피부를 색조 화장품으로 더 예쁘게 표현할 수
있을까 고민했다. 그 여성은 자신도 모르게 룰루랄라 하는 흥얼
거림을 내뱉었는데, 누군가 그 모습을 보았다면 "널 남친이랑
약속 있나 봐", "선을 보는지 기분이 좋아 보이네" 같은 말을 했

을 것이다.

프리랜서로 집 안에만 있는 게 갑갑하게 느껴진 여성은 새 직장을 알아봤다. 여성의 아동 그림책 포트폴리오를 본 한 아동 전문 출판사의 남자 편집장이 회사로 출근하라고 했다. 그 편집장은 여성에게 "아동 그림책의 그림을 직접 그려보는 건 어떠세요?"라며, "아동 그림책 스케치가 있다면 보여달라"고 요청했다. 여성은 아동이 나온 스케치를 보여주었다. 그것을 본 남자 편집장이 "이 아이 캐릭터를 주인공으로 그림책을 그려보자"라며 "볼로냐국제어린이도서전에 출품하자"고 제안했다. 그 편집장은 30대 후반의 미혼 남성이었다. 남자 편집장과 여성은 공통된 관심사, 공통된 비전(볼로냐국제어린이도서전에 책 출품하기) 그리고 같은 직장과 같은 미혼이라는 이유로 급속히 이성으로서 가까워졌다. 트라우마를 떨쳐낸 여성은 선뜻 그 남자 편집장의 고백을 받아들이고 사랑을 이어갔으며, 눈 깜짝할 새 아기를 만드는 놀라운 기염을 토했다.

안타깝게도 사랑 공포증을 가진 여성 고객이 돌아간 날, 지희는 〈연애와 사랑 양자의 방〉에 입실하여 생생한 행운 끌어당기기 비주얼라이제이션을 시도했지만 수포로 돌아갔다. 건물 진동이 생기고, 또 전등이 깜박거리다가 결국 전등이 나가버렸다. 정확히 지희 고객이 그토록 바라는 남자친구와 재회하는 행운 끌어당기기 심상화를 할 때 방해가 일어났다. 다른 고객들은 생생한 행운 끌어당기기 비주얼라이제이션을 척척 해냈지만, 지희 고객만 예외였다. 마스터는 간절히 행운이 필요한 사람들에게 행운을 무료로 나눠주고 있는데 이런 일은 처음이었다. 어깨가 축 처진 지희 매니저를 스토어의 출입구에서 배웅하며 마스터는 착잡했다.

'한결같은 마음을 지닌 지희 고객에게 반드시 행운을 가져다줘야 하는데, 현재로선 어떻게 해야 할지 모르겠네. 참, 답답하구나.'

CLOVER FORTUNE STORE

9

운명을 거부한 역술가

며칠 후 토요일, 최 매니저의 근무 날이다. 한 손에 황금빛 클로버를 들고 있는 육십 대 초반의 흰 수염을 가진 남자 고객이 찾아왔다. 아랍권 항공사에 근무하면서도 체중 관리를 하지 않는 넉넉한 체형의 최 매니저가 정겹게 인사했다.

"행운의 황금빛 일곱 잎 클로버를 발견하셨군요. 환영합니다."

희끗한 꽁지머리와 흰 수염을 가진 남자는 한눈에 봐도 예사롭지 않은 생김새였다. 남자는 개량 한복을 입고 날카로운 눈빛으로 스토어 내부를 살펴보았다. 그는 손에 든 클로버를 흔들었다.

"술 한 모금 하지 않았는데 어떻게 여기로 온 건지 이상하네요. 혹시 이곳, 불법적인 곳은 아니죠? 나를 수술실로 데려가는 건 아니죠?"

"고객님, 여기는 완전 만족 행운을 무료로 주는 클로버포천스토어입니다. 그런데 수술실이라니요?"

흰 수염을 매만지던 남자가 매니저에게 귓속말을 했다.

"헛수고할 것 같아 말합니다. 내 신장 하나는 고등학교 때 신장병 걸린 아버지에게 떼어 드리고 없습니다. 또 간은 지방간이 심해서 상품 가치가 없을 거요. 다른 장기도 정상인 데가 없수다."

매니저는 무슨 말을 하는지 짐작했다.

"고객님, 저희는 그런 나쁜 곳이 아닙니다. 장기를 거래하는 곳으로 착각하신 것 같은데요. 이제 상담실에 가셔서 마스터님과 대화를 나눠보시면 아시게 될 거예요."

"상담실이라… 어느 것을 떼볼까, 가격이 얼마나 될까, 알아보는 곳은 아니죠?"

"아휴, 고객님. 절대 그런 나쁜 곳이 아닙니다. 저를 믿으세요."

흰 수염의 남자가 매니저의 얼굴을 꼼꼼히 살펴보았다.

"음, 관상을 보니 댁은 불법적인 일에 가담할 사람으로 보이진 않네요. 안심이 됩니다."

어제저녁 야식으로 라면을 먹은 탓에 볼살이 통통하고 윤기가 자르르 흐르는 최 매니저(현, 아랍권 항공사 스튜어디스)가 넉넉한 미소를 지었다. 그녀는 고객을 상담실로 안내하기에 앞서, 사적으로 궁금한 것을 물어봤다.

"관상을 보실 줄 아세요? 혹시 저 언제 결혼할지, 잘생긴 사람과 결혼할지, 부자와 결혼할지 봐주실 수 있나요?"

개량 한복을 입은 남자가 희끗한 머리를 뒤로 쓸어넘겼다.

"난 프로로서 공짜로 봐주진 않지만, 서비스로 간단히 봐줄게요. 댁은 인덕이 좋고 남자들이 의지하고 싶게 만드는 매력을 가지고 있네요. 남자 복이 많을 것 같수다."

"고객님, 아니 사장님 말고 도사… 님, 저와 인연이 될 남자에 대해 코멘트를 좀 해주신다면요."

"해외에서 인연을 만날 가능성이 짙어요. 댁의 남자는 사업을 하는 사람이며, 같은 업종에서 일하다가 만날 듯싶네요."

최 매니저의 입이 크게 벌어지며 헤헤 웃었다. 아랍권 비행기를 탄 것처럼 기분이 붕 떴다. 그녀는 자신의 관상에 대해 궁금한 게 많았지만, 이쯤에서 선을 그어야겠다고 생각했다.

"저를 따라오세요. 저보다 더 인상 좋으신 분을 뵐게요."

"흠흠"

헛기침한 개량 한복의 남자는 두 손을 뒷짐 진 채로 걸어갔다. 상담실 문이 열리고 남자가 안으로 들어갔다. 들어가면서 슬쩍 마스터의 얼굴을 살펴보더니, 왠지 모르게 경계심이 풀리는 듯했다. 저런 관상을 한 사람은 절대 형사사건을 일으킬 것으로 보이지 않았다. 마스터의 관상은 착한 사람 상위 0.1%에 속하는 것이었다. 마스터와 남자는 탁자를 사이에 두고 자리에 앉았다. 남자는 소파 팔걸이 위에 황금빛 일곱 잎 클로버를 올려놓았다. 마스터는 왜 개량 한복의 60대 초반 남자가 이곳으로 오게 되었는지, 그리고 스토어가 어떻게 고객에게 행운을 주는지를 차근차근 설명해 나갔다. 조용히 듣고 있던 남자가 다리를 꼬고 손깍지를 꼈다.

"하하. 재밌는 일을 하시네요. 그러니까 이곳이 간절하고 진실한 소망을 위해 성실하게 실천하는 사람들을 선별해 무료로 행운을 준다는 것이죠?"

"말씀드린 그대로입니다. 고객님이 발견한 황금빛 일곱 잎 클로버가 행운의 기회를 얻었다는 징표입니다."

남자는 소파 팔걸이 위에 놓인 황금빛 일곱 잎 클로버를 흘 끗 바라봤다.

"듣기엔 좋은 일을 하는 듯한데요. 사람을 너무 잘못 골랐수 다. 댁이 무슨 수로 사람들에게 행운을 준다는 겁니까? 운명은 이미 정해져 있는데, 그것을 무시하고 행운을 준다는 게 말이 됩니까?"

"운명이 정해져 있다니요?"

마스터는 고객의 말을 들으며 '아카식 레코드'를 떠올렸지만 모르는 척했다. 개량 한복의 남자가 흰 수염을 쓸어내리며, 확신 에 찬 듯 카랑카랑한 목소리로 말했다.

"본래 사람의 운명은 정해져 있는 법입니다. 언제 어떤 일을 겪고, 어떻게 성장하고, 어떻게 말년을 맞이할지가 이미 대본으 로 짜여 있다는 말이에요. 불행과 행운의 양이 딱 정해져 있고, 정해진 연도에 찾아오는 법입니다. 그런데 여기서 그걸 무시하 고 행운을 준다는 게 말이나 됩니까? 내가 이래 봬도 운명철학 관을 하는 역술가예요."

자기 철학이 뚜렷한 개량 한복의 역술가였다. 묻지도 않았는 데 줄줄 강의하듯이 말을 이어갔다.

"이 우주는 한 치의 오차 없이 톱니바퀴처럼 맞물려 움직이고 있어요. 지구와 태양계, 은하계를 비롯해 모든 별이 다 정해진 규칙대로 움직이고 있어요. 우리 사람도 예외가 아닙니다. 사람들은 '내 의지대로 운명을 개척할 수 있다'는 믿음을 가지는데, 그거야말로 착각이며 헛된 희망일 뿐이에요. 별들의 움직임과 시간의 질서에 따라 사람이 운명이 딱 정해져 있는 것입니다. 태평양 위에 조각배에 실린 한 사람이 있다고 칩시다. 그 사람은 열심히 노를 저어서 자기 힘으로 방향을 개척한다고 생각할지 모르지만 결국 그 사람은 태평양의 해류 흐름에 따라갈 뿐인 것이죠. 이 거대한 해류가 곧 운명의 질서이자 운명의 법칙인 것입니다. 흠흠."

운명철학관을 운영하는 사람답게 그는 설득력 있는 운명론을 설파했다. 여기서 잠깐, 이 개량 한복차림의 남자는 어떤 삶을 살아왔을지 궁금하지 않을 수 없다. 정도수라는 이름의 남자는 공대 출신으로 IT 벤처 회사를 창업해 삼십 대 후반에 수백억대 부를 축적했다. 남자는 스타 기업인으로서 언론의 화려한 조명을 받았고, 여러 방송과 강연 프로그램에 출연했다. 그가 자주 강조하던 말은 이것이었다.

"생각만 하지 말고 시도하십시오. 그러면 성공할 수 있습니다. 운명을 개척하세요."

그는 세 번의 실패 끝에 네 번째 도전에서 대박을 터트린 경험이 있었다. 강남 테헤란로에 사무실을 열고 수십 명의 직원을 둔 기업 대표로서 너무나 잘나갔다. 세상이 무서울 게 없을 정도로 모든 걸 가진 듯했지만, 점차 삶이 어긋나기 시작했다. 낮에는 정신없이 일에 몰두했지만, 밤이 되면 텅 빈 마음을 달래기 위해 방황했다. 그는 벤처회사를 코스닥에 상장시키려 했고, 그 일을 믿는 후배에게 맡겼다. 그는 수천 억대의 부를 꿈꿨다. 하지만 하루아침에 사기를 당하고 말았다. 코스닥 상장을 추진하던 후배는 회삿돈을 빼돌리는 것도 모자라 그의 명의로 백억대의 대출을 받은 뒤 동남아로 튀었다. 빚 독촉에 시달리던 그는 노숙자 신세가 되고 말았다.

그는 서울역 노숙자 무리에 섞여 하루하루를 연명해야 했다. 그런 새내기 노숙자를 불쌍하게 여긴 한 노숙자 노인이 있었다. 원래 그 노인은 거리에서 돈을 받고 사람들의 사주와 운세를 봐주는 역술가였다. 정작 본인은 노숙자 처지가 되고 말았지만, 직업병처럼 새내기의 사주를 정성껏 봐주었다.

"삼십 대에 큰돈을 만지겠지만 사람을 쉽게 믿었다가 큰 낭패를 볼 사주이구먼. 쯧쯧. 사업하고는 잘 안 맞아."

남자는 자신의 과거를 정확히 맞춘 노인을 도사처럼 여기게 되었고, 사람에게는 정해진 팔자가 있다는 깨달음에 다다랐다. 그는 그 노인을 따라다니면서 심부름해주는 대가로 사주보는 법을 전수받았다. 이와 더불어 관상을 독학으로 마스터했다. 그는 특히 사주에 깊이 매료되었다. 년월일시라는 네 개의 기둥으로 사람의 운명을 해석하는 이 고대의 체계가 수학적이고 논리적인 구조를 지니고 있었다. 공대 출신인 그는 사주에서 과학 너머의 질서와 정연한 패턴을 읽어냈다.

몇 년 후, 그는 길거리에서 돈을 받고 사람들의 사주와 운세를 봐주었고 부정기적이지만 꾸준히 수입을 올릴 수 있었다. 경제적으로 여유가 생긴 그는 고시원에 거처를 옮겼고 홍대, 강남, 성수동 등지에서 사주와 운세를 봐주며 살아갔다. 그의 주요 고객은 미래가 불확실한 청년들이었다.

"취직이 잘 될까요?"

"현재 준비 중인 시험에 합격할 가능성이 있나요?"

"어떤 직업을 선택하는 게 좋을까요?"

"남친(혹은 여친)과 궁합이 잘 맞나요?"

"내 남친은 잘생긴 사람으로 나오나요?"

"내 여친은 몇 살과 잘 맞나요?"

이런 질문들에 그가 사주와 운세를 내놓았는데, 이상하리만

치 잘 맞았다. 대표적으로 이런 고객 만족 톡 메시지가 있었다.

저번 주 토요일에 취직 잘 되는지 운세 봤던 대학생인데요. 도사님
이 백 퍼센트 합격한다고 하셨잖아요. 오늘 S사 합격 통지받았습니
다. 절망 신통하시네요.

– 20여 차례 취업에 실패했던 남자 대학생

도사님, 잘 계시나요? 저저번 달에 남친과의 궁합을 봤던 여대생이
에요. 도사님이 남친 바람기가 상당하니 당장 헤어지라고 하셨잖
아요? 긴가민가했는데, 저번 달에 과 친구가 강남 클럽에서 남친을
봤다고 해서 몰래 사진 찍어 보내보라 했거든요. 낯익은 여자와 진
하게 스킨십 하고 있더라고요. 도사님 말씀대로 바로 미련 없이 헤
어졌어요.

– 진지하게 '취업' 대신 '취집'을 고민하던 여대생

도사님, 저 기억하시죠? 23년 모태 솔로 여대생이에요. 여중, 여고,
여대 출신인데다 약간 신경과민도 있어서 남자를 못 사귀었는데,
도사님이 6개월 안에 생긴다고 하셔서 내가 너무 기분 좋아서 도사
님 말씀이 맞으면 복채를 또 드리겠다고 했잖아요. 이번 달에 신기

하게도 남친이 생겼답니다. 상담심리학과에 다니는데 자상하게 내 투정을 다 받아줘요. 넘 감사합니다. 참, 약속한 복채는 내가 아직 알바 자리를 못 구해서 그런데 좀만 기다려주실 수 있으세요?

– 졸업반 때까지 모태 솔로였던 여대생

그는 방송을 탔다. 유명 연예인 커플이 곧 깨진다고 예언했는데, 남자 연예인이 국내 연인을 버리고 외국인 모델과 결혼하며 정확히 들어맞았다. 이를 계기로 그는 용산에 풍수 좋은 집을 사고 사무실도 열었다. 자영업자, 프랜차이즈 대표, 건설업자는 물론 구청장과 국회의원 후보까지 그를 찾았다. 그는 돈을 벌었고, 그러던 중 한 순수한 여성 사업가가 사업의 운세를 보러 왔다. 그녀는 사업의 미래를 상담 받으러 왔지만, 대화를 나누며 그의 진심과 노력에 감명을 받았다. 자연스럽게 솔로이던 두 사람은 서로에게 호감을 느꼈다.

이리하여 과거 벤처기업가, 현 역술가는 마흔 초반에 신혼집을 꾸리는 행복을 만끽했다. 그럭저럭 그의 운명철학관 장사는 잘되었고, 그는 딸 하나를 대학생 때까지 키웠다. 하지만 딸이 대학에 진학하던 해에 비극이 찾아왔다. 아내가 유방암으로 세상을 떠났고, 딸마저 혈액암에 걸려 중환자실에 입원하고 말았다. 연이어 예상치 못한 비극이 찾아오자 그는 크게 좌절했다.

"사주로 보면 아내는 팔십 대 후반까지 산다고 했는데… 어떻게 갑자기 세상을 떠날 수 있지? 딸은 또 어떻고? 딸은 사주며 관상이며 여러모로 볼 때 절대로 몹쓸 병에 걸릴 팔자가 아닌데 말이야. 내 사주는 또 어떻고? 나는 부인과 백년해로하고 자식 복도 좋아서 손자를 많이 본다더니, 이게 무슨 기구한 팔자냐?"

남자는 아내가 숨을 거두기 전에 딸을 잘 키워달라는 유언을 잊지 못했다. 사실, 그가 보는 사주는 들어맞기도 하고, 어긋나기도 했다. 그렇지만 그는 사람의 운명이 정해져 있다고 보았으며, 다만 그것을 제대로 읽어내지 못한 이가 문제라고 생각했다. 자신은 운명철학관을 열어서 그럭저럭 먹고살 만했다. 그는 자신이 본 아내와 딸의 사주가 틀렸을 수 있다고 생각하고 사주의 정확도로 이름난 역술가를 찾아가 보기로 했다. 그는 마스크와 선글라스로 신분을 감추고 한국 역술계 넘버 1이라는 역술가를 찾아가 딸의 운명을 물었다. 비통한 답이 돌아왔다.

"단명할 운명입니다."

역술계 넘버 2, 넘버 3에게도 딸 사주를 물어봤는데 같은 답이었다. 충격을 받은 그는 수개월 간 운명철학관 문을 닫고 술로 시간을 보냈다. 한국 역술계 넘버 1, 2, 3가 입을 모아 말한 딸의 운명을 받아들여야 할지, 아니면 거부해야 할지 긴 고민의 시간을 보냈다. 그러다 문득, "운명이라는 것이 무슨 소용이냐"는 생각에 이르렀다. 딸을 살릴 수만 있다면, 할 수 있는 건 뭐든 해야 했다. 결국 그는 운명철학관을 완전히 폐업하고 딸의 간호에 전념했다. 암에 좋다는 약초를 구해다 먹였지만 병세는 나아지지 않았다. 그는 성지 순례하듯 전국 팔도강산의 유명한 기도 명소를 돌며 딸의 병이 낫기를 간절히 기도했다. 북한산의 한 성지에서 기도할 때, 자신도 모르게 "제 삶을 대신 가져가시더라도, 딸만은 살려 주세요"라는 말이 나왔다. 그 순간 가슴을 짓누르던 절망감이 사라졌고, 마음이 조금이나마 가벼워졌다. 하산하던 그는 등산길 옆에서 일곱 잎 클로버를 발견했다.

"잎이 일곱 개나 되네. 우리 딸이 병에서 나았으면 … 제발 그런 행운이 오면 좋겠다."

전직 운명철학관 대표는 운명을 부정하는 말을 내뱉었다. 그는 '운명' 대신 '행운'을 믿는 사람이 되어 있었다. 그는 클로버를 수첩 사이에 끼운 뒤 산을 내려왔고, 그 사실을 잊고 있었다.

일주일 후, 병원으로부터 딸이 위급하다는 연락을 받고 새벽에 병원으로 달려갔다. 꽃다운 나이의 딸이 산소마스크를 한 채 침대에 누워 있었다. 그는 울음을 꾹 참고 딸의 손을 잡았다. 의사 선생님이 딸 상태가 매우 심각하다는 말을 했고, 그는 더 이상 눈물이 나지 않았다. 담담했다. 딸의 뺨을 물수건으로 닦아주고 침대 곁에서 기도했다. 한참 기도하던 남자가 북한산에서 발견한 클로버를 떠올렸고, 가방에서 수첩을 꺼내어 펼쳤다. 일곱 잎 클로버가 나타났다. 그는 제발 딸이 건강한 모습으로 돌아오길 바라면서 그것을 손에 들었다. 이때 황금빛이 났고, 그는 순식간에 시공간 차원 이동을 했다.

마스터는 대략 전직 역술가에게 어떤 일이 있는지를 짐작하고 있었다. 그렇지만 전직 역술가는 속내를 감추고 있었다. 최근, 그는 철학관을 폐업하고 간절히 딸이 혈액암에서 쾌유하길 기도해 오고 있는 것을 숨겼다. 그는 자신을 운명을 믿는 역술가라고 꾸며 말했다. 마스터가 질문을 던졌다.

"사람은 정해진 궤도에 따라 한 치의 오차 없이 살아갈 운명이란 말인가요?"

"백 퍼센트까진 아니지만 거의 그렇단 말입니다."

"그러면 같은 날 같은 시간에 태어난 일란성 쌍둥이의 운명도 똑같이 정해지겠네요?"

급소였다. 심호흡한 전직 역술가가 입을 열었다.

"그러니까 말이죠. 조금씩 정해진 운명과 다른 삶을 살 수 있어요."

"조금이 아니라 완전히 달라질 수도 있지 않을까요? 일란성 쌍둥이의 자매가 있는데, 언니는 법조인으로 살아가고 동생은 헤어 디자이너로 살아가는 경우도 생기잖아요. 똑같은 운명을 가지고 태어났지만 전혀 다른 삶을 살 수 있지 않을까요?"

역술가는 별다른 대꾸가 없었다. 사실, 마스터는 우주를 지배하는 운명론이 사람의 삶에 어느 정도 작용한다고 보는 쪽이었다. 그렇지만 마스터는 후천적인 환경과 자유의지와 함께, 사람의 간절한 마음, 꾸준한 실천, 그리고 행운 끌어당기기 심상화를 통해 운명을 완전히 바꿀 수 있다고 보고 있었다. 여기서, 두 사람의 운명에 대한 시각을 잠시 되짚어볼 필요가 있다.

마스터: "운명의 법칙이 어느 정도 사람에게 작용하지만, 사람의 의지로 운명이 완전히 바뀔 수 있다."

역술가: "운명의 법칙이 사람에게 절대적으로 작용하며, 사람의 운명이 거의 바뀌지 않는다"

마스터는 역술가의 기를 누르기 위해 운명론을 부정하는 일란성 쌍둥이 사례를 거론한 것이다. 마스터는 역술가의 아픈 곳을 건드렸다.

"내가 알기에는 고객님의 딸이 위중한 상태입니다. 그래서 고객님은 딸이 병에서 쾌유하기를 바라고 있지 않습니까? 혹시 사주로 볼 때 딸이 건강해지나요?"

남자는 자신에 대해 소상히 알고 있는 마스터가 놀라웠다. 남자는 자신도 모르게 속마음을 털어놓았다.

"그걸 다 알고 있었습니까? 여기는 참 신기한 곳이네요. 사실, 딸은 사주로 보면 몇 개월을 살지 못합니다. 그런데 나는 딸의 사주를 거역하고 있어요. 딸이 병에서 쾌유하길 간절히 바라고 기도하고 있어요. 나는 운명의 법칙을 버리고 딸의 생명을 지키기로 했습니다. … 그리고 일란성 쌍둥이의 삶이 다른 것에 대해 답을 해드리자면, 일란성 쌍둥이의 사주가 같아도 꼭같은 운명대로 살지 않는 이유는 환경, 노력, 자유의지가 작용하기 때문입니다."

그는 자신의 딸이 단명하는 운명을 타고 났어도, 의사의 헌신적인 노력, 현대의학 기술의 지원과 자신의 기도를 통해 운명을 바꿀 수 있다는 믿음을 가진 사람으로 변해 있었다.

"병에 걸린 딸에 대해 잘 아시니 이제 나는 솔직해지겠습니다. 이곳은 마스터님의 말대로 간절하게 바라는 것을 어쩌면 행운으로 가져다줄 수도 있겠다는 믿음이 생기네요. 저도 진심으로 그러길 바랍니다. 사실, 과거에 나는 운명철학관을 했지만 지금은 문을 닫았어요. 딸의 단명을 말하는 운명을 따르지 않기로 했기 때문이에요. 딸을 살리기 위해 아버지로서 무엇이든 해야 하는 것 아니겠습니까?"

이리하여 처음엔 운명론자처럼 자신을 속였던 남자가 실은 운명론을 거부하는 사람이 되었다는 것을 고백했다. 그다음 그 남자는 순순히 행운과 그것의 구체적인 장면을 정했고, 3층의 〈건강과 장수 양자의 방〉으로 갈 차례가 되었다. 좀 전에 좋은 관상 풀이를 들은 최 매니저가 호호 웃으면서 그 남자를 친절하게 〈건강과 장수 양자의 방〉으로 안내했다. 엘리베이터를 이용했는데, 엘리베이터 벽에 안내 문구가 부착되어 있었다.

고객님, 행운을 얻는 〈양자(量子,quantum)의 방〉에 입실하신 것을 축하드립니다. 양자는 파동(가능성)으로 존재하지만, 고도의 우주 에너지가 응축된 〈양자의 방〉에서 고객님이 소망하는 장면을 이루어진 것처럼 생생하게 심상화하면 양자가 입자(현실)로 즉각 변하게 됩니다. 이를 통해 현실에서 행운이 실현됩니다. 감사합니다.

역술가는 그 문구를 보며 오래된 기억을 떠올린 듯 고개를 끄덕였다. 곧이어 3층에서 엘리베이터 문이 열렸다. 최 매니저는 그 남자와 함께 〈건강과 장수 양자의 방〉으로 들어갔다. 매니저가 창문 커튼을 내리고 전등을 은은한 조명으로 바꾸었다.

"이곳 설명은 잘 들으셨죠? 생생하게 소망하는 행운의 장면을 시각. 청각, 촉각, 후각, 미각으로 심상화하는 거예요. 너무 부담 갖지 마세요. 소파에 편히 앉아서 소망하는 장면을 떠올리다 보면 저절로 생생한 행운 끌어당기기 비주얼라이제이션이 됩니다."

남자가 두리번거리고 나서 소파에 몸을 맡겼다.

"오호, 이 방에서 행운을 준다는 게 절대 헛되게 보이지 않네요. 도깨비방망이처럼 뚝딱 행운을 준다고 하면 내가 크게 실망했을 겁니다. 근데 이곳은 꽤 과학적이고 설득력이 있네요. 이 방에서 생생한 행운 끌어당기기를 하는 건, 내가 팔도강산의 유명한 성지를 찾아가서 기도를 드린 것과 비슷합니다."

최 매니저가 "어머"하는 표정을 지었다.

"네, 그렇습니다. 우리 엄마도 제가 대학교 항공승무원과에 지원할 때, 그리고 항공사에 취직 면접시험을 볼 때 영험한 기도 명소에 가서 기도를 드렸어요. 지금 내가 아랍권 항공사 승무원이 된 것도 어떻게 보면 엄마 기도 도움도 있다고 생각해요."

"현실 세계에 영험한 기도 명소가 있듯이, 이곳 스토어에는 행운이 생기게 하는 방이 있군요. 사람들이 성스러운 곳에서 기도하듯이 스토어에서는 양자 방에서 행운 끌어당기기 심상화를 하는 것이군요. 이 방이 영험한 곳이며 에너지가 엄청 센 곳이라고 보면 되겠어요. 점점 행운이 실체로 다가오리라는 기분이 듭니다."

남자는 흰 수염을 쓸어내리고 나서 눈을 감은 후 생생한 행운 끌어당기기 비주얼라이제이션을 했다. 밥벌이로 했던 운명철학을 버리고, 딸을 살리기 위해 무엇이든 하고자 했던 전직 역술가는 슬쩍 눈물을 보였다. 사실, 딸의 병은 과거에는 머지않아 생명을 잃을 위중한 병이었지만, 최근에는 의료기술의 발전 덕분에 치료할 가능성이 높았다. 운명론으로 볼 때 딸은 단명하지만, 현대 의료기술의 지원으로 충분히 병을 치료할 수 있었다. 따라서 운명을 거부한 전직 역술가가 행운 끌어당기기 비주얼라이제이션을 할 때 순조롭게 진행되었다. 방해하는 것이 전혀 없었다.

이윽고 생생한 끌어당기기 심상화를 마친 남자는 놀라운 경험을 했노라며 연신 스토어가 대단하다고 엄지손가락을 치켜들었다. 전직 운명론자, 현 자유의지론자인 남자는 스토어를 떠나면서 의미심장한 말을 남겼다.

"운명철학관 문을 닫은 사람으로서 뒤늦게나마 깨달은 바를 말합니다. 정해진 운명은 하나의 악보이고, 우리 인간은 악보의 연주자이며, 인간의 삶은 연주자가 어떻게 연주하느냐에 따라 완전히 다른 음악이 된다고 봅니다. 운명은 결코 절대적이지 않아요."

그 뒤로 이 남자는 얼마 지나지 않아, 침대에서 일어난 딸을 보는 행운을 얻었다. 딸은 산소마스크를 벗은 후 상체를 일으켰고 두 팔을 크게 벌려서 기지개를 켰다. 그러고 나서 딸은 딸바보인 전직 운명철학관 대표가 옆에서 두 손 모아 기도하는 걸을 발견하자, "아빠, 나 목말라. 냉수 한 잔만"이라고 했다. 남자가 놀라서 눈을 부릅떴다. 창백했던 딸의 뺨에 홍조가 감돌고 있었다. 남자는 눈물을 흘리며, 작은 냉장고에서 냉수를 꺼내 딸에게 주면서 애정 어린 잔소리를 했다.

"딸, 잠을 너무 많이 자면 건강에 안 좋답니다."

위중한 병에 걸린 딸을 살리기 위해 운명론을 버린 역술가가 스토어에서 돌아간 날, 마스터는 깊은 생각에 빠졌다. 연이어 지희 고객이 행운 끌어당기기 심상화가 실패로 돌아가자, 마스터는 운명의 질서를 강제하는 아카식 레코드의 힘 앞에서 무력함을 느꼈다. 어쩌면 정해진 운명의 힘 앞에서 마스터는 행운 나눔을 포기하는 걸 고려할 수도 있었다. 그런 마스터에게 딸을 살리기 위해 운명을 거역하고, 성지 순례하듯 팔도강산의 성지를 찾아 기도드린 전직 역술가가 큰 귀감이 되었다.

'아카식 레코드는 지희 씨 남자친구가 머지않아 세상을 떠날 운명으로 악보를 그려 놓았어. 그래서 지희 씨가 남자친구와 재회하는 것이 거의 불가능에 가까워. 하지만 그것에 굴복하지 말아야 해. 악보를 보고 연주자가 어떻게 연주하느냐가 중요하지. 앞으로 나는 지희 씨 남자친구가 건강한 모습으로 지희 씨와 재회하는 행운을 연주할 것이다. 클로버포천스토어 대표로서 지희 씨에게 행운을 선사하는 완벽한 연주를 해내고 말겠어.'

마스터는 행운을 만들어내는 생생한 끌어당기기 비주얼라이제이션의 원리를 떠올렸다. 마스터 역시 우주의 질서와 사람의 삶에 어느 정도 작용하는 것이 곧 운명의 법칙이라고 보지만, 그것이 절대적이라고 여기지 않았다. 인간의 자유의지에 따라 운명이 달라지는데, 특히 '생생한 행운 끌어당기기 심상화'를 한다면 운명이 크게 변한다고 봤다. 간절하고 진실한 소망을 품고, 그것을 위해 성실하게 실천하며 '생생하게 오감각으로 심상화'할 때 비로소 운명이 원하는 의도대로 춤추게 된다고 봤다. 사람이 생생한 행운 끌어당기기 비주얼라이제이션을 할 때, 정교하게 시계 톱니바퀴처럼 움직이는 우주의 법칙인 운명이 원하는 대로 바뀌게 된다는 것이 마스터의 생각이었다. 더욱이 스토어의 행운 끌어당기기 비주얼라이제이션을 하는 〈양자의 방〉은 고도의 우주 에너지가 응축되어 있기에, 이곳에서 행운 끌어당기기 비주얼라이제이션을 하면 즉각적으로 행운이 실현되는 것이었다.

'어떻게 아카식 레코드의 방해를 극복할 수 있을까? 묘안을 찾아야겠다.'

먹성 과한 중식당 사장과
입맛 잃은 노 사업가

"마스터님, 출출하시면 뭐 좀 드시겠어요?"

며칠 후 화요일, 최 매니저가 상담실 문을 열고 얼굴을 쏙 내밀었다. 어제저녁에 닭발을 먹어서 뺨에 콜라겐 윤기가 자르르 흘러내렸다. 아랍권 항공사 대표로부터 가장 주목받는 외모를 자랑하는 스튜어디스인 최 매니저가 무언가를 손에 쥐고 흔들었다.

"뭔가요?"

"초코파이에요."

"나에게 주려고 산 건가요?"

"제가 근무하는 아랍 항공사 기내식으로 제공되는 거예요. 한국에서 출발하는 비행기에서 특별히 내놓은 건데 인기가 많아요. 한 번 드셔보세요."

최 매니저가 걸어와서 초코파이를 마스터에게 건네주었다.

"한국 사람은 따뜻한 마음으로 주위 사람들을 배려하고 나누는 것을 좋아해요. 이런 마음을 '정'이라고 해요."

"오, 그런 게 있었나요? 내가 클로버포천스토어에서 행운 무료 나눔 해주는 것과 비슷한 점이 있군요."

"마스터님이 하시는 일과 비교할 수준이 아니에요. 정은 소소하게 배려하고 나누는 정도입니다."

"그게 어디입니까? 그렇게 하는 게 쉬운 일이 아니죠. 이것은 감사히 받겠습니다. 최 매니저님의 항공사에서 기내식으로 내놓는 것이 꽤 맛이 있을 것 같네요."

"암요. 그럼 저는 이만 근무하러 나가볼게요."

최 매니저가 밖으로 나가자, 마스터와 최 매니저가 먹을 것 이야기를 나누는 소리를 눈치챈 럭키가 가만있지 않았다. 낑낑거리며 "먹을 거 주세요"라는 신호를 보냈다. 마스터가 작은방 문을 열고 럭키를 쓰다듬어주며, 작은 접시에 사료를 담았다. 그러고 나서 럭키를 안은 채 사료 접시를 들고 나왔다. 마스터는 럭키를 안고서 사료를 하나하나 입에 넣어주었다. 럭키는 식탐이 많은 편으로, 한 번에 많은 양을 먹는 것도 모자라 시간만 나면 먹으려고 했다. 배가 불룩하게 튀어나온 상태에서도 먹기를 멈추지 않았다. 럭키는 유기견이었다. 길에서 버려진 채 굶주림에 시달려온 탓에 생존을 위해 먹을 수 있을 때 많은 양을 먹는 습관이 생긴 듯했다. 마스터는 보이지 않는 럭키의 눈 주위를 살짝 매만져 주었다.

가만히 있자니 밖에서 오물거리는 소리가 들려왔다. 최 매니저가 무언가를 먹고 있는 듯했다. 마스터는 초코파이 봉지를 열고 초코 향이 나는 것을 한입 베어 물었다. 초콜릿의 달콤함과 마시멜로의 부드러움이 입안 가득 느껴졌다. 마스터가 오물거리는 소리를 내자, 이에 질세라 럭키도 아작아작 소리를 냈다. 마스터는 초코파이를 삼키고 나서 눈을 감았다. 예전에 스토어를 방문했던 두 고객의 얼굴이 아련히 떠올랐다. 한 고객은 지나친 식탐 때문에 고통을 겪었고, 한 고객은 입맛을 잃어 괴로워했었다.

식탐 많은 한 청년이 있었다. 어릴 적, 그의 먹성을 감당하지 못한 맞벌이 부모는 큰 고민에 빠졌다. 아이의 식비로 과도한 비용을 지출하게 되자, 부모는 생활비 문제로 한숨을 쉬었다. 부부는 빠듯한 살림 때문에 한 아이만 낳아 기르자고 했지만, 큰 낭패였다.

"여보, 아이 식비가 너무 많이 들어가네요. 애가 먹어도 먹어도 끝이 없어서 어쩌죠.?"

거실에서 마른 체형의 아내가 하소연하자, 그보다 더 비쩍 마른 남편이 천장을 바라보았다.

"그러게 내가 아이 낳지 말자고 했잖아요? 우리 둘이 악착같이 벌어도 아파트 대출금 갚고 공과금 내고 나면 얼마 남지 않는데, 우리가 욕심을 냈나 봐요."

"아이 한 명 키우는 건 괜찮을 줄 알았잖아요. 근데 이 애가 보통 애가 아니라서 문제죠. 고등학생 두세 명이 하루에 먹을 양을 먹어 치우잖아요. 이렇게 되면 식비가 너무 많이 나가요."

남편이 아이의 방 쪽을 흘끔 바라보고 나서 시선을 아내에게로 향했다.

"지금도 문제지만 애가 고등학생쯤 되면 그땐 어떻게 감당할 거야? 지금보다 몇 배는 더 먹어 치울 게 뻔하잖아."

이때, 아이의 방 쪽에서 인기척이 들리자 부부는 말을 멈추고 TV에 시선을 고정했다. 아이가 나타났다. 유치원 졸업반인 아이는 또래보다 두 배는 더 우람했다. 아이는 거실이 아닌 주방으로 가더니, 냉장고에서 우유 한 통을 꺼내 벌컥벌컥 마셨다. 빈 우유곽을 식탁 위에 올려놓고, 바나나 한 송이를 들고 뒤룩뒤룩 걸어오며 엄마를 바라봤다. 그 모습을 본 엄마는 방금 남편과 속상한 대화를 나눴던 것에 미안함을 느끼며 두 팔을 벌려 아이를 맞이했다. 아이는 한 손으로 바나나를 입에 넣고, 다른 손으로 바나나 한 송이를 들고 "엄마!" 하며 엄마에게 안겼다. 엄마는 한없이 아이가 귀여운지 "먹고 싶은 거 있어? 말해봐."라고 속마음과 다른 말을 했다. 삐쩍 마른 아빠는 엄마와 달리 속마음을 그대로 내비쳤다.

"야, 그 바나나 한 송이는 이번 주에 엄마랑 아빠가 먹으려고 숨겨둔 건데, 지금 다 먹어버리면 어떡하냐."

솔직한 아빠는 속으로 생각했다.

'어휴, 애가 커서 어떻게 될지 모르겠네. 식탐이 워낙 많아서 걱정이다. 운동이나 공부에도 이렇게 관심을 보이면 좋을 텐데, 먹는 것에만 정신이 팔려있으니 참…. 그래도 무럭무럭 자라나는 걸 보면 대견하기도 하네.'

아내는 남편이 불만스러워하는 것을 눈치채고 발끝으로 남편의 허벅지를 콕콕 찔렀다. 아내의 잔소리가 매운 걸 아는 남편은 멋쩍게 웃으며 속마음과 다른 말을 했다.

"아이고, 우리 장군이 예뻐라. 많이 먹고 씩씩하게 자라서 나라를 살리는 장군이 돼야지."

아이는 자라나서 장군이 되었다. '먹보장군'말이다. 중학생 때 이미 우람한 씨름선수의 체형을 자랑했던 그는 한때 과도한 식성 탓에 엉뚱한 길로 빠질 뻔했다. 중2 때 먹성 과한 그에게 사춘기가 찾아왔고, 집에서만 주는 음식이 단조롭게 느껴졌다. 그의 대형 체구를 눈여겨본 동네 어른들이 그를 불러, 근처 주점에서 가드 일을 맡겼다. 어른들은 아이의 우람한 체격을 보며, "넌 그냥 거기 서 있기만 해도 돼"라며 웃었다. 이렇게 비공식 가드가 된 아이는 우람한 체격 덕분에 별다른 힘을 쓰지 않아도 주점에서 소란 피우는 사람들을 찾아보기 힘들어졌다. 적잖은 취객들이 얌전하게 빈 그릇을 주방 앞까지 반납하는 일이 생겼다. 하지만 당황스러운 일이 발생했다. 주점 사장님들이 하소연했다.

"새로운 가드가 오면서 취객들이 착해졌습니다. 근데 이 친구가 먹어도 너무 먹어대네요. 집에서 먹어보기 힘든 메뉴를 보니 식욕이 살아난다면서 매일 십인분의 고기를 먹어 치우더라구요. 이래 가지고서는 남는 게 별로 없어서 곤란하네요."

동네 어른들이 중딩 가드에게 주의를 줬지만 소용이 없었다. 결국, 어른들은 상의 끝에 이 아이를 데리고 있다가는 식비 때문에 가게 운영비가 거덜 날 거라는 결론에 도달했다. 그리하여 중2 한창 예민하던 그는 알바에서 잘리고 말았고 스트레스로 인해 더 많이 먹어 치웠다. 먹다 보니 세월이 빠르게 흘렀고, 그는 자신의 적성과 관련된 조리 고등학교에 진학했다. 학교생활 중 그는 자신의 적성(정확히 말하면 먹성)이 중식에 맞다는 것을 발견했고, 우수한 먹성을 자랑하며 졸업했다. 하지만 식당에 취직했다가 얼마 못 가서 잘리는 일이 반복되었다.

그는 처음 취직한 서울의 유명 중식당을 잊지 못한다. 우리나라 '중식 사대문파'의 한 곳에 취직했으니, 집안의 자랑거리로 회자될 만했다. 아들이 유명 호텔 중식당에 취직하자 엄마와 아빠는 기뻐했다. "그렇게 먹는 것을 좋아하더니 나중에 유명 셰프가 되려고 그랬구나" 하며, 이전의 잘못된 판단을 반성하기도 했다.

처음에는 잘 풀렸다. 중식 사대문파 중 한 곳인 유명 호텔 중식당의 사장님이자 메인 셰프는 그를 좋게 보았다. 우람한 체격과 웃는 얼굴을 가진 그가 중식당의 마스코트처럼 여겨져서 그를 귀여워했다.

"열심히 해보게. 내가 평생 갈고닦은 중식 비법을 자네에게 전수해주겠네. 자네 통통한 체형이 중식당 이미지에도 부합하고 손님들도 좋아할 거야. 요즘 중식계 신입들 중 자네 같은 사람 찾아보기 힘들어."

유명 호텔 중식당 셰프의 요리 실력은 감탄스러웠다. 식성이 왕성한 신입 셰프는 처음 맛보는 것들이라 무척이나 감동했다. 괜히 우리나라에서 네 손가락 안에 드는 사대문파가 아니었다. 늘 손님들의 예약이 꽉 차고, 문 앞에는 긴 줄이 늘어서곤 했다. 하지만 그의 자제력은 일주일도 못 가 바닥을 드러냈다. 그는 요리 중간중간 맛을 보다가 그만 그 요리를 다 먹어 치워버렸다. 살짝 맛만 봐야 하는데, '한 입만 더, 한 입만 더'하다가 결국 그 지경이 되고 말았다. 다행히 다른 사람에게 들키지 않았고, 다시 요리를 해서 내놓았다.

하지만 긴 꼬리는 결국 드러나고 말았다. 남보다 일찍 출근하는 그를 메인 셰프는 성실하다고 좋아했는데, 어느 날 일찍 출근하자마자 아연실색했다. 주방에서 볶고 지지는 소리가 들리자 메인 셰프는 생각했다.

"부지런도 하지. 미리 요리를 준비하려는 건가 보네."

하지만 얼마 지나지 않아 중식 사대문파 유명 셰프의 인상이 구겨졌다. 급하게 요리를 먹어 치우는 소리가 들렸기 때문이다. 주방에 들어가 보니, 짜장면, 탕수육, 동파육, 군만두를 요리해놓고 허겁지겁 먹고 있는 게 아닌가? 격노한 셰프가 그를 밖으로 불러내 혼쭐을 냈다. 사십 년간 한 우물을 판 셰프는 신입이 예사롭지 않음을 직감했다. 경제적으로 어려운 것도 아닌데 근무하는 식당 주방에서 몰래 음식을 푸짐하게 조리해서 먹는 것은 참으로 이상한 일이었다. 유명 셰프는 화난 감정을 억누르고 말했다.

"내가 심하게 욕한 건 미안하네. 이런 일이 생길 줄 누가 알았겠나. 솔직하게 어떻게 된 일인지 다 이야기해주면 용서하겠네."

신입은 자초지종을 솔직하게 털어놓았다. 이야기를 다 들은 셰프는 이 바닥에서 잔뼈가 굵은 사람이었다. 빠르게 결론을 내렸다. 그를 계속 데리고 있다가는 중식당 수입이 줄어들 것이라 판단했다. 그날 오후, 신입이 퇴근했을 때 셰프가 톡 메시지를 보냈다.

요즘 경기가 갈수록 안 좋아지고 있어서 마음고생이 많네. 사대문

파의 다른 중식당들도 힘들어 죽겠다고 아우성이야. 우리 호텔도 투숙객이 줄어들었다고 난리야. 그래서 이번에 호텔과 중식당이 직원을 감축하기로 했어. 안타깝지만 자네를 내보내야겠네. 다른 중식당도 많으니 너무 상심하지 말게나.

신입은 사대문파 중식당의 요리 맛을 잊을 수 없었지만 다른 곳을 알아봐야 했다. 이후로 서너 곳의 중식당에 노크했지만 잠시 일하다가 잘리고 말았다. 주체할 수 없는 과도한 먹성이 주방에서 요리하는 그를 그대로 놔두지 않았던 것이다. 눈에 보이는 대로 먹어치우다 보니, 그를 좋아할 사장이 없었다.

그는 백수가 되어 스트레스가 쌓이자, 먹성이 더욱 커졌다. 그를 바라보며 부모님은 서글픈 한숨을 내쉬었다. 많은 고민 끝에 부모님은 적금을 깨고, 목돈을 아들의 중식당을 차리는 데 사용했다. 그렇게 중식당을 차렸지만 시도 때도 없이 주방과 홀에서 중식 요리를 먹어대는 통에 적자를 면하기 어려웠다. 손님들이 찾아오기는 했으나 수입에 비해 그가 먹는 데 드는 지출이 더 커서 문을 닫을 수밖에 없는 상황이 되었다. 먹성 많은 그는 자신의 처지를 비관하기 시작했다.

"그놈의 먹성 때문에 일을 다 망치고 있어. 사대문파의 중식당에 취직되었을 때 좀 참았더라면 사장님 후계자의 길을 걸어갈 수 있었을 텐데. 지금 이 가게도 내가 너무 먹는 데 정신 팔려서 매일 적자야. 아휴, 답답하다."

그는 먹성을 줄이기로 결심했다. 평균적인 사람의 식욕으로 돌아가기를 바라며 먹는 양을 줄여나갔다. 중식당을 살리고, 자신이 사람답게 살아가기 위해서였다. 그는 배수진을 쳤다. 중식당 문을 닫고 보통 사람의 식욕으로 돌아가면 다시 문을 열기로 했다.

목표는 하루에 짜장면 세 그릇이었다. 물은 제한을 두지 않았다. 초반에는 부족한 식사량을 채우기 위해 물을 엄청나게 마셨지만 차츰 물 마시는 양도 줄일 수 있었다. 한 달 가까이 그의 먹성 줄이기 프로젝트가 이어졌다.

'부모님이 자식을 위해 식당을 차려줬는데 이 정도 노력은 해야지. 힘들지만 최선을 다해서 식욕을 조절해보자.'

그러던 어느 날, 그는 허기가 너무 심해 짜장면에 소스를 더 붓는 우를 저지르고 말았다. 자신과의 약속을 어긴 사실에 눈물이 흘렀다. '여기서 먹성 앞에 무릎을 꿇고 인생의 낙오자가 되는 건가?'라는 쓸쓸한 탄식이 나왔다. 자신에게 화가 난 그는 답답한 마음을 달래기 위해 잠시 바람이라도 쐬려고 식당 밖으로 나갔다. 거리에서 자신의 모습을 되돌아보았다.

'이렇게 살다가는 정말 내 인생이 망가질지도 몰라.'

그때, 그의 눈에 녹색 식물이 들어왔다. 인도와 식당 사이 틈에서 클로버가 자라고 있었다. 유심히 보니 잎이 무려 일곱 개나 되는 클로버였다.

'행운이 생기면 좋겠어.'

그는 속으로 되뇌며 클로버를 조심스럽게 땄다. 일곱 잎 클로버를 발견한 그는 기분이 좋아져서 다시 먹성 조절 프로젝트를 이어나가기로 했다. 우선 영양 부족으로 비실거리는 몸을 회복하기 위해 잠을 자기로 했다. 주방에 딸린 작은 방으로 가서 누웠고, 일곱 잎 클로버를 배 위에 올려놓았다. 눈을 감고 잠을 청하려는 순간, 클로버에서 황금빛이 났고 그는 시공간 차원 이동을 했다.

그가 스토어를 방문했을 때, 아랍권 항공사 승무원인 최 매니저가 근무 중이었다. 먹성 좋은 그를 보자마자 최 매니저는 먼 친척을 만난 듯 반가워했다. 최 매니저는 입안에서 오물거리는 것을 숨기지 않았다. 중식당 사장이자 먹성 좋은 남자는 최 매니저를 보자, 알고 지내던 이웃을 만난 듯 정겨운 기분이 들었다. 이날, 그는 식욕을 크게 줄이는 행운을 바랐고, 중식당 사장으로서 주방에서 보통의 체형으로 먹는 데가 아닌 일하는 데 집중하는 것을 행운의 구체적인 실현 장면으로 설정했다. 그는 3층의 〈중독 끊기 양자의 방〉에서 생생한 행운 끌어당기기 비주얼라이제이션을 했다.

현실로 돌아온 어느 날, 그는 행운을 맞이했다. 살짝 배가 나온 정도로 정상 체형이 되었다. 그는 손님들로 북적이는 홀을 바라보며 주방에서 요리에 전념했다. 홀 서빙은 직원이 맡고 있었다.

입맛을 잃어버린 노 사업가가 있었다. 고아로 자라난 그는 오로지 돈이 인생의 목적이었다. 그는 고아원 원장님으로부터 부모님이 찢어지게 가난해서 자신을 버렸다는 이야기를 전해 들었었다. 고아원을 나온 후 굶주리지 않기 위해 닥치는 대로 일을 했다. 구두닦이, 신문 배달, 공사장 일용직 등을 하며 악착같이 돈을 모았다. 이런 그를 주위의 불량한 무리들이 가만히 내버려 두지 않았다.

어느 날 밤, 그가 일을 마치고 귀가하던 길이었다. 어두운 골목에서 몇몇 청년이 그에게 다가왔다.

"어이, 요즘 돈 좀 번다며? 한턱내야 하는 거 아니야?"

순간, 그는 긴장했지만 침착하게 대답했다.

"일해서 번 돈이라 저도 생활비로 빠듯합니다."

그러자 한 청년이 슬쩍 다가와 말했다.

"그래도 우리가 동네를 지켜주니까 안전하게 일할 수 있는 거 아니야?"

그는 잠시 고민하다가 마음을 가다듬었다.

'정면으로 맞서기보다는 현명하게 대처하자.'

그는 청년들의 눈을 바라보며 조용히 말했다.

"형님들 덕분에 제가 안전하게 일할 수 있는 거 맞습니다. 덕분에 감사한 마음입니다. 제가 작은 성의로 음료라도 대접하겠습니다."

청년들은 그의 뜻밖의 반응에 잠시 어리둥절하더니, 서로 눈치를 보며 웃음을 터뜨렸다.

"그래, 오늘은 그냥 넘어가자. 기분도 풀렸고."

그는 그제야 안도의 한숨을 내쉬었다. 그는 이 일을 통해 돈을 모으기 위해서는 단순히 맞서는 것보다 인내하며 지혜롭게 갈등을 피하는 것이 중요하다는 것을 깨달았다.

그는 필사적으로 돈을 벌었고, 무슨 일이 있어도 돈을 뺏기지 않았다. 자릿세는 구두닦이, 포장마차 등 길거리 자영업계에서는 필수적인 것으로 어쩔 수 없었다. 하지만 나머지 수익은 철저히 모았다. 그는 차곡차곡 돈을 모은 끝에 시장통에서 장사를 시작했다. 중국에서 수입한 주방용품을 저렴하게 팔면서 사업을 키워갔다.

돈에 대한 집착이 얼마나 강했던지 그는 연애도 하지 않았고, 친구도 사귀지 않았다. 시간 뺏기고 또 돈 낭비할까 봐 그랬다. 그는 고아원 출신으로서, 돈은 믿어도 사람은 믿을 게 못 된다는 잘못된 편견에 사로잡혔다. 세월이 흘러, 그는 생활용품을 저렴하게 판매하는 '모두다있소' 프랜차이즈를 운영했는데, 전국에 매장이 수백 개를 넘어섰다. 그는 수천억대 자산가가 되었지만 기업 오너로서 평판이 좋지 못했다.

"아무리 매장을 많이 열어서 본사에서 큰돈을 벌려고 해도 그렇죠. 우리 매장 바로 앞에 또 매장 문을 여는 건 무슨 심보입니까? 우리 매장 망하게 되었어요."

"매달 매출 목표를 정해주고는 그것을 달성하라고 닦달해요. 목표 매출액을 못 채우면 잘 팔리는 제품을 공급하지 않으니 울며 겨자 먹기로 우리 돈으로 메꿀 수밖에 없네요."

"안 팔리는 재고를 떠넘기는데 정말 미치겠어요. 공짜로 줘도 아무도 안 가져갈 것들을 매장에서 거두지 않으면 매장 문을 닫게 한다고 협박합디다. 나 원 참."

악성 프랜차이즈 기업 대표로, 그에 대한 안 좋은 소문이 자자했다. 어느새 그는 머리가 백발이 된 팔십 대 노인이 되었지만 여전히 솔로였다. 그는 키우고 있는 고양이한테는 무척이나 정성스러운 집사였다. 하루는 애지중지하는 고양이를 쓰다듬으며 문득 생각했다.

'혈육이 한 명도 없으니 내가 세상을 떠나면 내 재산을 어떡하지? 제우스(고양이 이름)에게 유산 상속을 하는 수밖에 없구나. 그렇지, 제우스야.'

제우스는 배를 내밀고 집사에게 애교를 부리며 더 많은 사랑을 받으려 했다. 그는 수천억대 재산과 고양이 한 마리로 세상을 다 가진 것 같았다. 하지만 그에게 불행이 닥쳐왔다. 차츰 입맛을 잃어가던 그는 음식의 맛을 전혀 느끼지 못하게 되었다. 병원에서 여러 검사를 받았지만 혀 감각 신경에는 아무런 이상이 없었다. 그를 검진한 의사가 진료 결과를 내놓았다.

"정신적인 요인으로 맛을 느끼지 못하는 것으로 판단합니다. 그러니 평소 스트레스 관리를 잘하시고, 과로를 삼가시며, 규칙적으로 운동하고, 또 심신 건강에 좋은 명상을 해보는 것을 권

장합니다."

수천억대 노 사업가는 크게 좌절했다. 큰돈을 번 다음부터는 산해진미에 돈을 아끼지 않았으며, 맛있는 음식을 즐기는 것에서 부자로서 희열을 느끼곤 했다. 유명 호텔에서 정기적으로 일류 요리를 맛보는 것이 삶의 활력소였다. 그런데 그가 입맛을 완전히 상실해버려, 맛을 느끼지 못하게 된 것이다.

모아둔 돈을 쓸 곳이 없었다. 그는 친구나 친한 비즈니스 인맥이 없다 보니 골프나 동반 여행 같은 것도 전혀 하지 않았다. 하루아침에 그의 삶은 공허하게 변했다. 입맛을 잃은 그가 용케 1년 정도 버텨냈다. 하지만 언제까지 입맛 없는 삶을 살 수 있을지 자신할 수 없었다.

'입맛 없이 살 거면, 그 많은 돈이 무슨 의미가 있나? 내가 평생 악착같이 모은 돈이 부질없게 느껴지는구나.'

입맛을 잃고 나자, 살맛까지 사라진 사업가 노인의 눈에 그동안 잔뜩 끼어있던 '돈이라는 안개'가 가시기 시작했다. 왕성하게 입맛이 있을 땐 참으로 살맛이 있었고, 그때는 세상을 돈이냐 아니냐로 구별해서 바라봤다. 돈은 아름답고, 선하며, 진리였다. 하지만 그가 입맛을 잃고 살맛을 잃자, 돈이라는 안개가 싹 걷히며 세상이 투명하게 보였다. 그는 제우스를 쓰다듬으며 창문 밖 푸른 하늘을 바라봤다.

'인생 참 무상하다. 엊그제 고아원에서 나와 굶주리던 배를 움켜쥐었던 아이가 어느새 수천억대 사업가가 되었구나. 돈을 생명보다 더 귀하게 여기며 많은 돈을 모으는 사이, 인생의 대부분이 흘러갔네. 앞으로 살면 몇 해나 더 살까? 혈육 한 명 없고, 마음 나눌 친구 한 명 없는 내가 입맛을 잃으니까 그 많은 돈도 다 부질없게 느껴지는구나.'

그의 재산이 매일 수천만 원씩 늘어가고 있던 어느 날 아침, 제우스가 하늘나라로 떠났다. 입맛 잃은 노 사업가와 달리, 식욕 왕성했던 제우스는 다른 고양이보다 두 배는 비대했는데 심장병으로 급사하고 말았다. 이로 인해 더욱 그는 큰 상실감에 빠졌다.

그는 남몰래 고아원에 있을 때 다니던 성당을 다시 찾았다. 매주 성당에 가서 입맛을 되살려 달라고 눈물로 기도했다. 그의 기도는 6개월 가까이 이어졌다. 매주 기도하던 그에게 어느 날 깨달음이 찾아왔다. 어릴 때 자신이 찾아가면 맛있는 것을 주던 성당은 크고 화려해 보였는데, 지금 보니 너무 초라하고 시설이 낡아 있었다.

'기부해야겠다. 배고픈 아이들이 찾아오면 항상 따뜻한 음식

을 베풀어주고, 누구든지 언제나 찾아와서 기도할 수 있도록 새 성당을 지어야겠다.'

그는 성당 주교에게 자신의 뜻을 밝혔고, 선뜻 백억원을 계좌 이체했다. 이와 더불어 그는 고해소에서 입맛을 잃고 살맛을 잃어버린 고통을 고해성사로 털어놓았다. 신부님은 입맛이 되살아나도록 기도하겠다고 위로했다. 돈의 안개가 걷히자, 그의 변화된 삶이 이어지던 어느 날이었다. 성당에서 기도드리고 나서 홀로 걸어 주차장으로 가던 중, 우연히 자그마한 화단에 눈길이 갔다. 일곱 잎 클로버를 발견했다. 그는 클로버를 따서 자가용 안으로 들어갔고, '내게 입맛 돌아오는 행운이 생기면 좋겠어'라고 생각했다. 그 순간 클로버에서 황금빛이 났고, 그는 시공간 차원 이동을 했다.

클로버포천스토어에서 그가 바란 행운은 오로지 입맛을 되찾는 것이었다. 마스터와의 상담 끝에 그는 입맛을 되찾는 것을 행운으로 정했고, 성당에서 딸기잼 파이를 맛을 보는 것을 행운의 실현 장면으로 정했다. 딸기잼 파이는 그의 고아원 시절에 성당에서 나눠줘서 먹었던 것으로 그 맛을 잊을 수 없었다. 그는 3층의 〈건강과 장수 양자의 방〉에서 생생한 행운 끌어당기기 심상화를 한 후, 방 밖으로 나왔다. 그는 스토어 출입구를 나서며 생각했다.

'마스터에게 기부해서 스토어를 빌딩으로 세워 더 많은 사람들이 행운 혜택을 받으면 좋겠어'

그는 넉넉한 마음으로 베풀고자 했다. 곧바로 그는 현실로 돌아왔다. 얼마 후, 입맛 잃어 영 살맛 나지 않던 노 사업가가 성당을 방문했을 때였다. 다과회에 초대되어 갔더니, 식탁 위에 딸기잼 파이가 놓여 있었다. 그날따라 침샘이 가득 고였다. 이상한 느낌이 든 그 노 사업가는 파이 한 개를 들어 베어 물었다. 오, 입안 가득 달콤한 딸기 향이 감돌며 눈에서 광채가 났다. 그는 연달아 파이를 십여 개 먹어 치웠다. 이날 이후로 그는 입맛을 되찾았고, 그와 함께 살맛도 되찾았다.

그는 예전과 달라졌다. 수천억대의 돈이 부담스럽게 느껴진 그는 시간을 두고 여러 곳에 기부했다. 이와 더불어 프랜차이즈 사업에도 변화가 찾아왔다. 그는 전과 달리 착한 기업가로 변신했다. 가맹점 사장님이 부자가 되는 것을 큰 보람으로 여기며, 본사 수익을 줄였다. 그런데도 그의 삶은 날로 윤택해졌다. 한때 입맛을 잃어본 경험이 있는 그는 입맛을 되찾고 나서야 진정한 살맛을 느꼈다. 이 세상에서 입맛 나게 살아간다는 것이 얼마나 복된 일인지를 매일같이 깨달았다.

천천히 마스터는 회상에서 돌아왔다. 럭키가 배를 까고 발라당 바닥에 누워 있었다. 배를 거하게 채운 뒤에 하는 습관이었다. 마스터는 '식욕은 사람의 욕구 가운데 기본 중의 기본이다. 그런데 그것이 너무 과해도 문제이며, 결핍돼도 문제다'라고 생각했다. 그다음 혼잣말을 했다.

'맛있는 음식을 적절히 먹는 것은 사람으로서 살아가는 데 빼놓을 수 없는 행운이야.'

마스터는 옆에 놓인 초코파이를 들어 천천히 한 입 베어 물었다. 맛의 즐거움을 음미하며, 그는 미소 지었다.

11

연남동 북카페의 독서 모임

내일부터 서울의 대표 축제인 여의도 봄꽃축제가 시작됩니다. 닷새간 봄꽃축제가 열리는데요, 이미 벚꽃이 만발했습니다. 만개한 분홍빛 벚꽃을 보기 위해 많은 시민들의 발길이 이어지고 있습니다.

일요일, 지희가 침대에 누워서 아이패드로 뉴스를 시청하고 있었다. 한 여성 기자가 여의도 윤중로에서 소식을 전하고 있었다. 최근 들어 파트타이머로 클로버포천스토어를 주 3회 다녀오는 동안, 지희는 차차 꼭꼭 닫아둔 마음의 문을 열기 시작했다. 어두컴컴한 방 안에서 머리가 아플 정도로 우울해하며, 시간 가는 줄 모르고 누워 지내던 그녀는 예전과 달라졌다. 며칠 전에 햇볕을 가리던 창문 블라인드를 올리고, 방과 화장실을 꼼꼼하게 청소 했으며, 겨울옷을 정리해서 침대 밑 수납장에 넣었다. 옷걸이에는 작년에 선우와 사귀며 입었던 화사한 색감의 옷들을 걸어놓았다. 지희는 클로버포천스토어가 선우와 재회하는 행운을 꼭 선사하리라는 걸 믿고 있었다. 이제 세상으로 향한 문을 활짝 열어놓았다.

포근해진 봄바람이 살짝 열어둔 창문으로 불어왔다. 산뜻한 기분이 든 지희는 일어나 화장대로 가서 아이패드를 보았다.

작년에는 비가 와서 벚꽃 구경을 못 왔는데, 올해는 날씨가 좋아서 여자친구와 함께 나들이 나왔어요. 화사하게 핀 벚꽃을 보니 마음이 많이 설레네요. 여자친구에게 좋은 추억거리를 만들어주게 되어 참 행복합니다.

한 커플 시민이 기자의 취재에 응했다. 지희 나이 또래 대학생 커플로 보였다. 남자 대학생이 또박또박 말을 하고 있을 때, 팔짱을 낀 여자친구가 호호 웃고 있었다. 벚꽃과 잘 어울리는 흰색 원피스에 분홍색 가디건을 입고 있는 여자친구는 한껏 미모를 뽐내고 있었다. 그녀는 왠지 모르게 샘이 났다. 작년 그곳에 있는 자신과 선우가 떠올랐고, 올해 윤중로 벚꽃과 자신은 별개라는 생각이 들었다.

지희는 아이패드를 끄고 거울을 바라봤다. 거울 속에 비친 자신의 얼굴을 오래 바라보는 것도 오랜만이었다. 그녀는 기초 화장품에 손이 갔고, 간단히 얼굴에 에센스를 발랐다. 윤기가 나는 얼굴이 훨씬 보기 좋았다. 작년에 선우와 사귈 때 지희는 이처럼 윤기 나는 얼굴을 하고 있었다. 연이어 뺨에 블러셔를 바르고, 마스카라와 립틴트를 발랐으며, 화사한 색상의 원피스와 치마를 입었었다. 지희는 봄옷을 걸어놓은 옷걸이에 시선이 갔다. 바이올렛 색상의 원피스가 눈에 들어와, 자리에서 일어나 그 옷으로 갈아입었다. 그리곤 전신 거울 앞에 섰다.

'작년에 이 옷을 입고 벚꽃 핀 여의도 윤중로에 갔었지. 클로버포천스토어 마스터님이 행운을 꼭 주시길 … 선우야, 우리 이번 봄꽃축제에 함께 갈 수 있으면 좋겠다.'

지난 일요일, 지희는 독서 모임에 갔다. 장소는 자주 모임이 있던 연남동의 북카페였는데, 출입문 앞의 목련꽃은 이미 다 지고 대신 벚꽃이 만개해 있었다. 분홍 꽃잎이 수없이 바닥에 떨

어져 있었다. 그녀는 꽃잎을 밟으며 안으로 들어가면서 작년 이
맘때 벚꽃비를 맞았던 기억을 떠올렸다. 지희와 선우는 밖에서
만난 후 이곳으로 왔었다. 경의선숲길의 벚꽃길을 지나 도착했
을 때, 둘을 반겨주기라도 하는 듯 벚꽃잎이 하늘하늘 떨어져
내렸다. 둘은 북카페 출입문 앞에서 서로의 머리와 옷에 묻은
벚꽃잎을 털어주었고, 북카페 문을 열자 훅 벚꽃잎들이 카페 바
닥으로 밀려 들어왔다.

야구모자를 쓴 지희가 카페 구석의 소모임실에 들어서자, 독
서 모임장을 맡은 여성 직장인이 반색했다.

"어머, 지희 씨 정말 오랜만이네요. 그동안 잘 지냈어요? 남
친과 헤어졌다는 얘기를 들었는데 이젠 괜찮아졌나 보죠? 마음
이 정리된 눈빛이네요."

독서 모임장인 그 여성 직장인은 여의도 금융가에서 근무하
고 있었다. 심리학과 출신인 그녀는 원래 매달 재테크 모임에
참가했었다. 하지만 매일같이 돈과 연결된 책만 보고, 돈에 대해
서만 생각하는 자신의 시야가 협소해지는 듯해서 다양한 분야
의 사람들과 여러 종류의 책을 접하고자 재테크 모임을 탈퇴한
후 독서 모임을 만들었다. 이 모임에서는 문학서, 인문서와 더불
어 실용서, 에세이를 독서 토론의 책으로 다루고 있었다. 회원들

이 추천하는 책 가운데 매달 한 권의 책을 골라 토론을 해오고 있었다.

다른 참석자들도 지희를 따뜻하게 반겨주었다. 마흔을 넘긴 골드미스 약사가 한마디 거들었다. 어깨가 짝 벌어진 약사는 취미가 운동으로 매년 철인 3종 대회에 출전하는 것을 큰 자부심으로 여기고 있었다. 운동이 약이라면서 "우리 약국 망해도 좋으니 운동들 열심히 하라"고 늘 강조하곤 했다.

"그동안 힘들었다고 들었어요. 내가 약사인데 도움이 되지 못해서 미안해요. 실연에는 따로 약이 없고 시간이 약이라고들 하죠? 작년에 약사인 나를 만났다면 확실한 처방을 해드렸을 건데요. 그게 뭐냐면 빡세게 운동을 하는 거예요. 비 오듯 땀 흘리고 근육을 단단하게 키우다 보면 남자 쉽게 잊히더라고요. 내가 경험이 많은지라. 호호."

안경을 쓴 남자 중학교 교사도 지희에게 고개를 끄덕였다.

"대부분 학생들이 이성 문제로 힘들어할 때 보면, 오해나 상처로 실망한 경우가 많아요. 상대가 남자든 여자든, 단번에 끊어낼 건 끊어야 해요. 진로든 사랑이든 … "

그는 칠판 앞에 선 듯 분필을 잡던 오른손 손가락이 허전해 연신 엄지로 검지를 비벼댔다. 중학생 선생님의 말이 주위의 대화 소리에 묻혔고, 머쓱해진 중학교 선생님이 배시시 웃으며 말을 마쳤다. 지희와 비슷한 연령대의 남녀 대학생들도 눈빛 반짝이며 맞이해 주었다. 그 가운데 한 여자 대학생이 지희와 선우가 헤어졌다는 사실을 모임에 알린 듯했다. 다른 회원들도 지희에게 목례하며 따뜻한 시선을 보냈다. 모임실에는 십여 명의 회원이 자리하고 있었고, 모두 탁자 위에 책 한 권을 올려놓았다. 지희도 자리에 앉아 가방에서 책 한 권을 꺼내 앞에 놓았다.

모든 회원이 도착하자 모임이 시작되었고, 간단히 소개하는 시간이 이어졌다. 지희는 새로 들어온 회원의 소개를 귀담아들었다. 한 명은 여자 대학생이었고, 다른 한 명은 남자 직장인이었다. 여자 대학생은 독서 모임 회원의 인스타그램 책 서평을 보고 소통을 이어오다 이번에 참석을 했다고 했으며, 남자 직장인은 독서 모임장의 소개로 참석했다고 했다.

소개가 끝나자, 본격적인 독서 토론이 시작되었다. 이번 달에 선정된 책은 『그 여자의 세월』이었다. 작년에 지희가 자신의 인스타그램에 서평을 올린 소설책이었다. 작년 가을부터 연이어 독서 모임에 참석하지 않자, 모임장의 톡 메시지가 뜸해졌다. 그러다 올해 3월 중순에 신입회원이 왔다며 모임에 참석해보라는 메시지를 받았지만 그때는 참석할 생각이 없었다.

그런데 어느 날 우연히 독서 모임장의 인스타그램을 살펴보니, 『그 여자의 세월』이 이번 달 독서 토론 책으로 선정된 사실을 발견했다. 그녀는 심장이 조용히 뛰기 시작했다. 그 책은 선우가 마지막으로 남긴 인스타그램 메시지에서 언급된 책이었다.

우리 사랑도 이 소설 속의 남녀처럼 오래 가면 좋겠어.

지희는 그 메시지를 가슴 깊이 간직하고 있었다. 더욱이 꿈에 나타난 선우가 자신에게 그 소설책을 건넸다. 그리고 잠에서 깬 지희가 소설책을 펼치다가 황금빛 일곱 잎 클로버를 발견한 것이다.

그녀는 클로버포천스토어를 떠올리며, 이 책이 독서 토론으로 선정된 사실이 선우와의 재회가 가까이 다가오고 있다는 행운의 징조처럼 느껴졌다. 그녀는 책꽂이에서 『그 여자의 세월』을 꺼내 들고, 책갈피에 끼워진 황금빛 일곱 잎 클로버를 매만졌다. 천천히 머릿속으로 독서 모임에 참가한 자신을 그려보았다.

"이 소설은 이탈리아 소설가 ***의 자전 소설입니다. 베스트셀러 작가로 명성을 날리던 여 소설가는 이혼 후 홀로 살아가다 창작의 고통을 겪자… 훌쩍 고향으로 떠나죠. 푸르른 지중해가 보이는 이탈리아의 남부 해안 마을에 도착한 그녀는 우연히 20대 때 한 남자와 주고받았던 연애편지를 발견해요. 여 소설가와 남자는 짧은 기간 사귀었어요. 여 소설가는 로마의 한 대학으로 진학하고, 남자는 미국으로 유학 가면서 자연스레 헤어졌대요. 30여 년의 세월이 흐른 시점에 여자 소설가는 자신의 삶을 반추하고, 순수했던 옛사랑을 떠올리며 이 소설을 썼다고 하더라고요. 이 소설의 배경으로 …."

모자를 쓴 지희가 책을 들고 천천히 말을 이어갔다. "옛사랑"이라는 말에 살짝 울컥했지만 감정을 누르며 책 소개를 계속했다. 독서 모임장이 지희 인스타그램에서 이 책 서평을 보고, 독서 토론하면 좋겠다고 판단했고, 나중에 그녀에게 발제를 부탁한 것이다. 7분가량 책 소개를 한 지희는 마지막으로 이렇게 덧붙였다.

"소설에서는 옛사랑의 추억을 현실과 교차하면서 그려내고 있습니다. 실제로 작가는 이 소설을 출판한 후 옛 연인을 다시 만났다고 합니다."

곧이어 자유로운 토론이 이어졌다. 지희 또래의 여대생이 먼저 입을 열었다.

"베스트셀러 소설가인 ***는 이 작품을 내면 독백으로 그려 갔어요. 큰 서사가 없어서 자칫 지루해질 수 있었다고 봅니다. 근데 시적이고 감성적인 문체 덕분에 오히려 글에 빨려들게 되더라고요."

그 맞은편에 앉은 남자 대학생도 고개를 끄덕이며 말했다.

"저도 그렇게 생각합니다. 서사가 약하면 잘 읽히지 않는데, 이 소설은 감성적인 문체가 전혀 지루하지 않게 만들어내고 있어요."

이후 모임장은 몇 명의 회원에게 의견을 권했고, 회원들은 잠시 머뭇거리다가 자기 의견을 내놓기 시작했다. 신입 남자 직장인은 발표력이 좋은 듯 손을 들었다.

"오랜만에 소설을 읽으니까 참 좋습니다. 마음의 양식을 듬뿍 얻은 느낌입니다. 저는 평소에 판타지 말고는 소설을 잘 안 보는 편이지만, 이 소설에선 예술적인 향기가 느껴졌어요."

"판타지"라는 말에, 문학 소설과 인문서를 즐겨 읽는 어깨 넓은 골드미스 약사님이 가볍게 웃었다. 반팔 차림의 약사님이 이두박근을 불끈거리면서 유쾌하게 한마디 보탰다.

"이 소설, 참 담백하다고 느꼈어요. 억지스러운 사건이나 과

장된 감정이 하나도 없잖아요. 잔잔하게 옛사랑의 추억을 그려 내고 있다고 봅니다. 특히 개인적으로는 이 소설의 배경인 지중해의 해안가를 꼭 한번 가보고 싶은 마음이 들었어요. 탁 트인 해안가에서 수영도 하고 달리기도 하면 좋겠네요.”

철인 3종이 취미인 그녀의 말에 회원들은 웃음을 지었다. 그 뒤로 안경 낀 중학교 교사가 조심스레 덧붙였다.

“이 작품은 예술적인 소설로 분류가 되는 듯합니다. 베스트셀러 작가로 유명세를 치른 여 소설가가 이 소설에서는 오롯이 자기 자신과 대면하며 일상과 추억을 섬세하게 풀어내고 있어요. 요즘 중학생들이 좀 지루하게 여길 수도 있겠지만, 독서에 익숙한 독자는 충분히 감동을 받을 수 있을 것 같습니다.”

화기애애하게 시간이 흘러갔고, 서서히 잡담과 더불어 지방 방송이 끼어들기도 했다. 지희는 모임에 집중하지 못했다. 금방이라도 선우가 나타날 것만 같았고, 또한 그가 책에 대한 의견을 말하는 목소리가 들리는 듯했다. 그러던 어느 사이에 독서 모임을 마치는 시간이 되었다. 모임장은 다음 달 독서 토론 책을 단톡방 공지에 올리겠다고 말했고, 모임 회원들은 인사를 나누었다.

곧이어 모임장은 스마트폰을 보며 급한 일이 있다고 했고,

골드미스 약사는 스포츠 선글라스를 착용하며 철인 3종 대회를 준비하는 운동 동호회 모임이 있다고 했다. 중학교 선생님도 중2 외동딸이 요즘 들어 자꾸 선을 넘는 것 같아서 상담 시간을 갖기로 했다고 보탰다. 모임장이 다음 달에는 뒤풀이 시간을 가져보자고 말하고 나서 자리에서 일어났다. 모임장이 시계를 보며 서둘러 나갔고, 다른 회원들도 출입구로 향했다. 지희가 자리에서 일어서려고 할 때, 또래 여자 대학생이 그녀에게 다가왔다.

"앞으로 얼굴 자주 보자. 소설은 역시 네가 발제를 잘하는 것 같아. 지희 덕에 소설을 많이 읽으면 좋겠다."

"내가 그 정도는 아닌데. 그렇게 말해줘서 고마워."

"우리 독서 모임에서 소설을 제일 많이 읽는 회원은 너잖아. 당연히 네가 소설에 관한 한 최고지. 안 그래?"

지희가 엷은 미소를 지었고, 또래 여대생 친구가 어깨를 툭 쳤다.

"아직도 남친과 연락이 안 되나 보지?"

"그래."

"독서 모임에서 볼 때는 그렇게 철면피일 줄 몰랐는데 참 의외네."

지희의 눈가가 떨렸다.

"그런 소리 하지마. 왜 선우와 연락이 끊겼는지 확실치 않아."

또래 여자 대학생이 납득하지 못하는 듯했다.

"너 연애 초보잖아. 이런 경우 백 퍼센트 잠수이별이 맞을 거야. 내 말을 믿어. 괜찮으면 내가 우리 과 오빠 소개해줄까?"

지희가 고개를 가로저었다. 그때 또래 여자 대학생의 핸드폰에서 카톡 메시지 수신 진동이 울렸다. 카톡 메시지를 본 여자 대학생이 급히 밖으로 향했다.

"내가 오빠 만나러 가야 해서 미안. 다음 독서 모임 뒤풀이 때 맛있는 거 먹자."

상큼하게 화장한 그 친구는 머리를 새로 했고, 발랄하게 테니스 치마를 입었다. 기억해보니, 그 친구가 작년 여름쯤 전 남친과 헤어지고 나서 새 남친을 사귀기 시작한다고 했었다. 그때 지희와 선우의 사랑은 벚꽃처럼 만개했을 때였다. 그 친구는 지금 사랑의 꽃을 활짝 피우고 있을 때인 듯했다. 지희는 이어폰을 하고 야구모자를 눌러쓰고 나서 밖으로 나왔다.

저녁 시간이었지만 밖은 환했고, 경의선숲길에는 많은 인파가 몰려 있었다. 산책길은 물론 옆 도로에도 수많은 사람들이 삼삼오오 완연한 봄 날씨를 즐기고 있었다. 지희의 눈에는 또래의 연인들이 많이 들어왔는데, 지희는 푹 모자를 눌러쓰고 지나쳤다. 그녀는 이곳에서 선우와 손잡고 끝없이 이어지는 대화를 나누며 걸었었다. 선우의 목소리가 희미하게 지희의 귓가에 들려오는 듯했다.

"지희야, 오늘 머리 예쁘게 했네. 자기는 목이 가늘어서 머리를 뒤로 묶으니까 너무 사랑스러워."

지희는 절레절레 고개를 흔들며 홍대 대로변으로 걸어 나왔다. 지하철역으로 들어가려다 발길을 돌려 홍대걷고싶은거리로 향했다. 인파 많은 곳을 가는 건 작년 초가을 이후 오랜만이었다. 홍대걷고싶은거리에 가까워지자, 외국인의 말소리가 자주 들려왔다. 동남아에서 온 관광객들이 특히 많이 보였고, 서양 관광객들도 드문드문 눈에 띄었다. 작년 이곳에 선우와 손잡고 왔을 때 마치 외국에 온 듯한 착각에 빠져들었다. 태국이나 베트남의 한 도시에 온 듯 동남아 외국인들이 넘쳐났다. 그들은 거리를 거닐거나, 벤치에 앉아서 주위를 둘러보거나, 어깨동무하고 사진을 찍었다.

지희는 걸어가다 외국인 청춘 커플이 사진 찍는 모습을 봤다. 둘은 앞에 세워 놓은 스마트폰 삼각대를 향해 활짝 웃는 포즈를 취했다. 남성이 삼각대로 뛰어와서 사진이 잘 찍혔는지 확인했다. 여자도 뒤따라와 스마트폰 화면을 보더니 까르르 웃음을 터뜨렸다. 여성이 남자의 팔을 툭툭 치며 다시 사진을 찍자고 했다. 둘은 다시 앞으로 가서 여러 가지 포즈를 취하며 사진을 찍었다.

선우가 정식 고백한 후, 오월에 열린 지희의 대학교 축제 때 둘은 사진 부스에서 함께 사진을 찍었었다. 따사로운 햇빛이 내리쬐는 캠퍼스에서, 지희와 선우는 청춘의 빛나는 순간을 즉석 사진에 담아 두었다. 하지만 지금, 선우의 얼굴이 담긴 사진은 하나도 남아 있지 않았다. 작년 9월 초에 지희는 한 식당에 들렀다가 화재를 겪는 바람에 핸드백을 분실했고, 그 안에 들어 있던 선우와 함께 찍은 사진도 잃어버렸다. 스마트폰에 저장한 사진도 오류로 인해 다 삭제되어 버렸다.

지희는 걸어서 선우와 자주 찾았던 벤치 쪽으로 향했다. 그곳에는 외국인 관광객들이 앉아서 아이스크림을 먹고 있었다. 지희와 선우도 그 자리에 앉아서 아이스크림을 먹으며 이야기를 나누었었다. 주위의 수많은 관광객 인파에 둘러싸여 둘은 첫 번째 외국 여행지를 어디로 할지 이야기를 나눴다.

"자기는 이탈리아가 해외여행 1순위이지? 요즘 일본이나 대만 여행 많이 간다고 하더라."

선우의 말에 지희가 답했다.

"일본도 좋지만, 자기랑 처음으로 가는 곳은 이탈리아였으면 해. 푸르른 지중해가 바라보이는 해안을 꼭 가보고 싶어."

"그래, 우리 내년 여름에 함께 꼭 가자."

선우는 요리학원을 마친 뒤 식당에 취직해 직장이 안정되는 내년에 외국 여행을 가자고 했었다. 지희는 그 벤치를 지나치며 이어폰 볼륨을 높였다. 수도 없이 반복해 듣는 아이유의 '밤편지'가 흘러나왔다. 지희는 문득 노래 가사처럼 어떻게 선우라는 행운이 자신에게 찾아온 걸까 곱씹었다. 요즘 들어 노래의 한 단어 "행운"이라는 말이 가슴 깊이 울려왔다. 그녀에게 선우는 말 그대로 행운처럼 찾아온 존재였다. 그리고 지금, 갑자기 사라진 그와 다시 재회할 수 있다면 그것이야말로 진정한 행운일 듯싶었다. 지금 그녀는 간절하게 그와 함께하는 행운을 그리워하고 있었다.

지희는 버스킹 공연이 한창인 곳을 지나갔다. 밴드가 경쾌한 음악 소리에 맞춰서 노래하고 있었고, 수많은 청춘들이 함성을 지르면서 환호하고 있었다. 그곳에서도 지희와 선우가 팔을 흔들며 노래를 따라 불렀었다. 지희는 목적지 없이 걷다가 홍대입

구역 9번 출구 쪽으로 향했다. 이곳에서도 많은 인파가 북적였다. 대부분 지희 같은 젊은 연인들이었으며, 여성들은 벌써 여름을 맞이한 듯 짧은 치마를 입고 거리를 누비고 있었다. 지희는 잠시 합정역을 거처 망원역 쪽으로 더 걸어가 볼까 생각했지만, 더는 걸을 의욕이 생기지 않았다. 잠깐 서성이다가, 9번 출구 안으로 들어가 버렸다.

회상에서 돌아온 지희는 바이올렛 색상의 원피스를 벗어 옷걸이에 걸어놓았다. 그녀는 몸을 돌려서 방안을 둘러보았는데 확연히 책상, 침대, 책꽂이 등이 잘 정돈되어 있었다. 클로버포천스토어를 여러 차례 다녀오는 동안, 마음의 여유가 생기면서 틈틈이 방 정리를 시작하게 되었다. 클로버포천스토어의 마스터를 만난 후 그녀는 선우와 재회하는 행운을 확신하고 있었다. 조금만 기다리면 된다고 생각했다. 다른 고객들은 스토어 방문 당일에 생생하게 행운 끌어당기기 비주얼라이제이션을 마쳤지만, 그녀의 심상화는 어떤 힘의 방해로 인해 자꾸 지체되고 있었다. 지희는 조만간 자신에게 그토록 간절히 바라는 행운이 찾아오길 거듭 바랐다.

지희는 빨래한 뒤, 중간시험을 대비해 전공 서적을 펼쳐 들었다. 그동안 전공 강의를 많이 빠뜨렸기에, 어디부터 시작해야 할지 엄두가 나지 않았다. 작년 가을 학기에는 선우의 갑작스런 연락 두절로 인한 충격과 우울감으로 인해 공부를 거의 하지 못해 낙제점을 받은 전공과목이 많았다. 하지만 이번 학기는 달라질 듯했다. 큰 욕심 내지 않고, 무사히 졸업만 할 수 있기를 바랐다. 11시 무렵, 책과 씨름하던 지희는 쏟아지는 졸음에 이끌려 슬며시 잠이 들었다.

지희의 마지막 행운 끌어당기기
비주얼라이제이션

밤하늘에 행운의 징조처럼 많은 별똥별들이 스쳐 지나가고 있었다. 클로버포천스토어는 창문 불이 모두 꺼져 있었고, 출입구가 있는 1층 로비도 컴컴했다. 일요일이었다. 지희는 잠속에서 의식이 클로버포천스토어로 이동했다. 그녀는 일요일에 스토어가 문을 열지 않는다는 것을 마스터에게 들은 기억이 있었다. 그런데 어떻게 해서 일요일에 자신이 출근하게 된 건지 이유가 궁금했다. 천천히 걸어서 출입문 앞으로 가자, 안쪽에서 누군가 슬며시 문을 열어 주었다. 한 사람이 겨우 들어갈 정도의 틈만 열어 주었기에 지희는 조심스레 안으로 들어섰다. 마스터가 등잔불을 들고 있었다.

"지희 씨, 오늘 쉬는 날인데 불러서 미안하네요."

로비가 어두웠는데 등잔불이 마스터의 얼굴을 비췄다. 언제나처럼 온화한 표정이었다.

"저야 잠을 자는 상태이니까 출근하든 안 하든 상관이 없어요. 근데 일요일에는 클로버포천스토어가 쉰다고 알고 있었는데 어쩐 일이죠?"

편의점에서 알바하는 지희는 다른 파트타이머가 급한 일로 출근 못 할 경우, 대타를 해준 일이 몇 번 있었다. 그렇지만 일요일에 대타를 한 적이 없었다. 핑계를 대서라도 일요일은 집에서 쉬고 싶었는데, 그럴 경우 편의점 사장님이 나서서 해결했다. 편의점은 일년 365일 24시 영업이지만, 행운을 주는 클로버포천스토어는 일요일에 쉬고 있었다.

마스터가 손짓으로 따라오라고 했다. 곧이어 상담실에서 둘이 탁자를 사이에 두고 앉았다. 상담실도 불을 켜지 않아서 어두컴컴했다. 지희가 궁금했다.

"불도 켜지 않으시고… 무슨 일이 생겼나요?"

마스터의 엷은 미소가 등잔불에 비췄다.

"지희 씨, 걱정하지 마세요. 아무 일도 없어요. 불을 켜지 않은 이유는요… 그보다 먼저 드릴 말씀이 있어요.”

지희와 마스터는 탁자 위에 놓인 등잔불 가까이 몸을 조금 당겼다. 등잔불이 지희와 마스터의 얼굴을 환하게 비춰 주었다.

“침착하게 들어주세요.”

마스터가 오늘따라 뜸을 들였고, 따뜻한 시선으로 지희를 바라보았다.

“지난달에 한 청년 환자 고객이 스토어에 방문한 일이 있었습니다. 그 청년은 화재를 당해서 식물인간 상태가 되었고 또 기억을 상실했답니다. 화재 난 곳은 식당이었고, 그 청년이 주방에 있었다는 말을 통해 볼 때 그는 셰프였을 거라 봅니다. 그런데 그가 화재 났을 때 한 여성에게 자신이 착용하던 방연 마스크를 벗어서 씌워줬다고 해요. 그러고 나서 그는 의식을 잃어버렸다고 하네요. 이런 기억이 토막 나듯 문득문득 떠오른다고 했지요. 현재 그 환자가 한 달을 버티지 못할 정도로 매우 위중합니다. 그런데 말이죠 … 그 청년이 지희 씨의 남친인 것 같아요. 화재 때 방연 마스크를 내준 여성은 지희 씨 같고요.”

지희가 눈을 크게 뜨고, 몸을 부르르 떨었다.

“저도 작년에 화재를 겪었어요. 마스터님 말씀대로라면 화재가 발생한 식당 주방에서 제 남친이 일하고 있었단 말인가요?

남친이 위험에 빠진 나를 구해주고 자신이 식물인간이 되었단 말인가요?"

"네."

"제 남친이 요리학원에 다니고 있었는데, 제가 식당에서 화재를 겪을 무렵에 식당 현장 실습을 나간다고 했었어요. 그렇다면 남친이 화재 난 그 식당 주방에 있었네요. 저는 그 사실을 까맣게 모르고 그 식당에서 친구들과 식사하고 있었어요."

"그렇습니다. 지희 씨의 남친도 지희 씨가 식당에 온 줄 몰랐었지요. 그렇지만 화재 때 지희 씨 목소리를 듣고 남친이 지희 씨를 살려준 거예요."

지희는 작년 화재 때 식당 셰프가 크게 다쳤다는 소문을 들은 기억이 났다. 그녀는 입술을 부르르 떨었다. 그 셰프가 선우였고, 착용한 방연 마스크를 자신에게 내주고 쓰러진 것이었다. 오, 이런 기막힌 일이 있을 수가! 지희는 거칠게 호흡 소리를 냈다.

"좀 더 정확한 걸 알고 싶어요. 그 고객의 나이와 외형을 알 수 있나요?"

"물론이죠. 그 청년 환자 고객은 지희 씨와 비슷한 나이 또래였어요. 마른 체형이며 키가 180 초반으로 보였지요. 그리고 무엇보다 내가 그 청년이 지희 씨가 재회하는 행운을 애타게 바라는 남친이라는 것을 확신하게 된 결정적인 증거가 있답니다. 그 청년은 지희 씨의 커플반지와 똑같은 반지를 끼고 있었어요. 반지에는 이니셜 'JH ♡ SW'가 새겨져 있었습니다."

지희는 끝내 눈물을 보이고 말았다.

'선우가 틀림없는 것 같아요. 마스터님, 아 어떻게 그런 일이 선우한테 일어날 수 있어요? 선우는 착하고 성실한 사람이에요. 지금 선우가 어느 병원에 있는지 아세요? 저를 구해줬던 사람이에요. 제가 가만히 있을 수 없잖아요. 선우를 살릴 수 있다면 뭐든지 할 수 있어요."

말로 설명할 수 없는 끌림으로, 지희는 지금까지 선우을 잊지 못했고, 재회를 간절히 바라왔다. 그런데 선우가 자신을 살리고 식물인간이 되었다는 사실을 알게 되자, 자신이 쉽게 선우를 잊지 못했던 필연적인 이유가 있었음을 깨달았다. 어디에선가 바람이 불어와 등잔불을 일렁이게 만들었다. 벽에 비친 마스터와 지희 그림자도 흔들렸다. 마스터가 지희의 손을 잡았다.

"지금 지희 씨의 남친 선우 씨가 몹시 위중해요. 언제 마지막 숨을 쉴지 모르는 상태입니다. 지희 씨의 남친과 재회하는 행운 끌어당기기 비주얼라이제이션이 매번 방해를 받은 이유가 그것

때문이에요. 이미 세상을 떠난 이들과 현실에서 재회하는 행운을 주는 것은 생과 사가 명확히 분리되어 있기에 불가능합니다. 아직 이 세상에 머무는 사람에 한해서 재회하는 행운의 기회를 줄 수 있지요. 그런데 이미 세상을 떠난 이들뿐만 아니라 머지않아 생을 마감할 운명을 가진 사람 또한 현실에서의 재회 행운이 불가능에 가깝습니다. 그들 역시 이미 운명 지배의 힘인 아카식 레코드의 손아귀에 들어갔기 때문에 여러모로 쉽지 않네요."

지희는 건강한 선우와 재회하여 사랑을 이어가고 싶었다. 그것이 그녀가 바라는 행운이었지만 머지않아 마지막 숨을 쉴 사람을 건강한 모습으로 재회하는 행운의 기회가 주어지는 것은 불가능에 가까웠다. 아카식 레코드의 힘이 그렇게 호락호락하지 않았다. 곧 숨을 거둘 사람은 그대로 거두어 가는 것이 도도한 우주 운명의 법칙이었다. 지희가 눈가의 눈물을 닦아냈다. 지희는 그동안 자신이 행운 끌어당기기 심상화가 매번 실패한 이유를 알게 되었으며 자포자기의 심정이 되었다.

"마스터님, 그러면 저는 선우와 재회하는 행운을 얻을 수 없을까요?"

마스터는 역술가 고객을 떠올렸다. 역술가는 단명할 딸의 운명을 순순히 받아들이는 걸 거역했다. 그는 딸을 살리기 위해 운명철학관을 문 닫고 딸을 살리기 위해 기도를 드렸으며, 마침 내 스토어의 행운으로 딸을 살려냈다. 마스터는 지희의 남자친 구가 단명할 운명을 타고났다 하더라도 그것은 악보에 불과하 며, 연주자는 인생이라는 음악을 연주하면서 그 악보에 완전히 얽매일 필요가 없다고 여겼다. 연주자는 그려내고 싶은 음악에 따라 연주를 하면 된다고 봤다. 오늘 지희는 남자친구가 단명한 다는 악보를 무시하고, 그토록 바라는 재회의 행운을 불러오는 연주를 해야 한다고 판단했다.

"재회할 가능성이 매우 희박한 게 사실입니다. 그렇지만 운 명 앞에 두 손 들고 무릎 꿇는 건 내 성격과 맞지 않는 일이지 요. 그래서 오늘 일요일에 지희 씨를 스토어에 초대한 거예요. 아카식 레코드의 방해를 피해 보고자 정식 영업시간이 아닌 날 을 택했지요. 어쩌면 일요일, 불이 꺼진 스토어에서 몰래 영업 하는 것을 아카식 레코드가 눈치채지 못할 수도 있겠단 생각을 했습니다. 오늘 강력한 운명 지배의 힘인 아카식 레코드의 방해 손길을 피해서 행운 끌어당기기 비주얼라이제이션을 해보면 어 떨까요?"

지희는 무슨 말인지 대략 이해했다. 마스터는 지희와 신뢰를

쌓고자 조심스레 덧붙였다.

"말하자면 지금 '위장 영업' 중인 셈이에요. 클로버포천스토어는 조용히 문을 열어 운명 지배의 힘인 아카식 레코드의 감시를 피하려는 것이죠. 이렇게 해서, 지희 남친의 몹쓸 운명을 회피하고 재회의 행운 끌어당기기 비주얼라이제이션이 가능할 수 있다고 봅니다."

지희는 마스터의 말이 마음 깊숙이 파고드는 것을 느꼈다. "가능할 수 있다"는 말에 그녀의 심장이 두근거리기 시작했다. 마스터가 지희의 손을 놓아주었다. 지희는 어떤 일이든 해내겠다는 결의에 찬 눈빛을 보였다. 마스터는 얼굴을 지희 가까이에 가져가 그녀의 귓가에 낮은 목소리로 말했다.

"낮말은 새가 듣고 밤말은 쥐가 듣는다고 하잖아요? 그러니 우리 조용하게 대화하는 것으로 하죠."

고개를 끄덕인 지희가 문득 궁금한 점을 물었다.

"참, 선우도 스토어에 방문해서 행운 끌어당기기 비주얼라이제이션을 한 거죠? 선우는 행운 끌어당기기를 잘 해냈나요?"

마스터는 잠시 눈을 감았다가 뜨고 조용히 대답했다.

"선우 씨는 의식이 온전치 못했기에 스스로 황금빛 일곱 잎 클로버를 발견하는 건 불가능했어요. 누군가의 도움 없이는요.

그리고 선우 씨는 행운 끌어당기기 비주얼라이제이션을 못했어요. 원하는 것을 생생하게 심상화하는 것이 기억상실증에 걸린 환자에게는 힘들기 때문입니다. 하지만 선우 씨를 〈연애와 사랑 양자의 방〉으로 안내했고, 주문을 외우도록 했어요. 그 주문은 이렇습니다. '반지에 새겨진 이니셜의 여자친구를 벚꽃 핀 거리에서 만나고 싶습니다.'"

그 말을 들은 지희가 울컥했다.

"정말, 그렇게 말했나요? 선우가 제게 고백했던 곳이 윤중로 벚꽃길이에요. 혹시 그걸 기억하고 있었나요?"

"선우 씨는 다만 벚꽃이 흐드러지게 피어 있는 거리가 희미하게 떠오른다고 했습니다."

지희는 더는 말을 잇지 못하고 어깨를 들썩이며 울음을 터뜨렸다. 마스터는 말없이 휴지를 건네주었다. 그녀는 지난달에 꾼 꿈을 떠올렸다. 누군가 자신에게 방연 마스크를 내주었는데, 흐릿해지는 시야 속에 선우와 함께 한 커플 반지가 어렴풋이 보였다. 그녀는 그 커플 반지가 선우와 재회하는 행운이 생기게 될 거라는 전조처럼 느껴졌다. 그리고 오늘, 지희는 아카식 레코드의 힘을 피해 그 행운을 끌어당기는 심상화를 시도하기로 되었다. 지희는 행운 끌어당기기 비주얼라이제이션을 잘 마칠 수 있기를 간절히 바랐다.

'제발, 이번에는 꼭 성공하길.'

이윽고 마스터는 호롱불을 들고 지희와 상담실 밖으로 나왔다. 마스터는 운동 삼아 계단을 자주 이용하지만, 매번 그렇지는 않았고 가끔 엘리베이터를 이용했다. 특히, 컨디션이 안 좋을 때는 계단 오르는 것이 버거워 엘리베이터를 탔다. 오늘은 완전한 위장 영업을 위해 계단으로 향했다. 계단 입구를 지날 때, 벽에 붙은 안내 문구가 흐릿하게 보였다.

고객님, 행운을 얻는 〈양자(量子, quantum)의 방〉에 입실하신 것을 축하드립니다. 양자는 파동(가능성)으로 존재하지만, 고도의 우주 에너지가 응축된 〈양자의 방〉에서 고객님이 소망하는 장면을 이루어진 것처럼 생생하게 심상화하면 양자가 입자(현실)로 즉각 변하게 됩니다. 이를 통해 현실에서 행운이 실현됩니다. 감사합니다.

지희는 계단 입구와 엘리베이터 안에서 그 안내 문구를 자주 보아왔다. 예전에 그 문구가 인상 깊어 따로 기억해두고 검색해 본 적이 있었다. 그것은 양자역학의 '관찰자 효과(Observer

Effect)'라는 현상을 말하고 있었다. 관찰하지 않을 때는 양자가 파동으로 존재하지만, 관찰하는 순간 양자가 입자로 고정된다는 것. 즉, '관찰'이 현실을 결정짓는다는 의미였다. 이 원리를 응용해, 클로버포천스토어의 〈양자의 방〉에서 간절한 소망의 구체적인 장면을 생생하게 비주얼라이제이션(Visualization)하면 원하는 현실, 곧 행운을 창조할 수 있다고 설명하고 있었다.

그동안 지희는 아카식 레코드의 방해로 인해, 비주얼라이제이션을 여러 차례 실패했었다. 그런데 오늘은 어쩐지 마지막 기회일지 모른다는 예감이 들었다. 혹여, 이번에도 실패한다면, 다시는 영영 자신에게 행운의 기회가 찾아오지 않을지도 모른다는 불안감이 몰려왔다. 지희는 무슨 일이 있어도 오늘만큼은 선우와 재회하는 장면을 생생하게 심상화하는 데 반드시 성공하리라 다짐했다.

마스터와 지희는 〈부와 성공 양자의 방〉, 〈필승 합격 양자의 방〉, 〈명예와 권위 양자의 방〉 등이 있는 2층을 지났고, 3층에 도착했다. 그곳에는 〈건강과 장수 양자의 방〉, 〈가족 행복 양자의 방〉, 〈중독 끊기 양자의 방〉 등이 있었다. 곧이어 4층에 도착했다. 〈연애와 사랑 양자의 방〉, 〈화통한 인간관계 양자의 방〉, 〈마음 치유 양자의 방〉 등이 적힌 안내판이 보였다.

둘은 복도를 따라 걸어가 〈연애와 사랑 양자의 방〉 문을 열고 안으로 들어섰다. 방안은 어둡고 창문에는 커튼이 드리워져 있었다. 커튼만 걷었더라면 무수한 별빛이 방 내부를 어슴푸레하게 살펴볼 수 있게 비추었을 것이다. 하지만 은밀하게 스토어 문을 연 상황에서 커튼을 걷는 것은 삼가야 할 일이었다. 만일 커튼이 걷힌 창가 너머로 인기척이라도 새어 나간다면, 가차 없는 아카식 레코드가 결코 가만두지 않을 터였다. 또다시 지희의 비주얼라이제이션을 방해할 것이 분명했다. 완전 위장이 되어야만 했다.

마스터는 탁자 위에 호롱불을 올려놓고, 지희에게 소파에 앉으라고 권했다. 그녀는 한 손으로 더듬어가며 소파에 몸을 기댔다.

"원래는 전등불을 은은하게 밝혀야 심상화가 잘 됩니다. 오늘은 불을 켤 수 없으니, 호롱불을 사용해보죠. 호롱불의 잔잔한 파장이 비주얼라이제이션을 하는데 도움을 줄 거라 봅니다. 자, 이제 편안한 상태를 만들어보세요. 긴장하지 마시고요."

"네."

"평소처럼 하시면 됩니다. 아직까지 나쁜 조짐이 없는 걸 보니 매우 희망적입니다. 전에는 건물이 흔들리거나, 전등이 깜빡이다 나가버리면서 방해를 받았지만 지금은 조용하네요.”

“그러게요. 운명을 지배하는 아카식 레코드가 우리를 알아채지 못한 것 같아요.”

마스터는 지희와 눈빛을 마주쳤다.

“지희 씨가 바라는 행운이 무엇이지요?”

“여의도 윤중로 벚꽃길에서 남자친구 선우와 재회하는 것이 제가 바라는 행운이에요.”

고개를 끄덕인 마스터는 지희의 손을 따뜻하게 감싸며 말했다.

“천천히 그 장면을 떠올려보세요. 저절로 그 장면이 생생하게 떠오르게 됩니다. 그러면 행운 끌어당기기 비주얼라이제이션이 되는 거예요. 잘 할 수 있겠죠, 지희 고객님?”

“네, 이번에는 반드시 성공할 거예요.”

지희가 커플 반지를 낀 왼손을 불끈 쥐어 보였다.

“그럼 눈을 감고 시작해보세요. 지희 고객님만 믿을게요.”

지희가 눈을 감고 나서 행운의 장면을 마음속에 떠올리기 시작했다. 여의도의 윤중로 벚꽃길이 펼쳐졌고, 흩날리는 벚꽃잎이 그 길을 하얗게 덮고 있었다. 그 거리에 지희가 서 있었다. 그녀의 시선은 앞을 향하고 있었으나, 안개가 낀 풍경이 희미해서 잘 보이지 않았다. 그녀는 더욱 집중했다. 안개가 걷히는 듯싶더니 다시 짙은 안개가 밀려와 주위를 온통 삼켜버렸다. 지희는 숨이 막혀왔다.

"컥… 컥…"

마스터는 눈을 감은 그녀가 내는 목소리를 들었다. 어딘가 불길한 기운이 감돌았다. 마스터는 조금 기다려보기로 했다. 마음속 이미지에서 지희는 여전히 짙은 안개에 휩싸여 있었고, 앞을 전혀 분간할 수 없었다. 그녀는 용기를 내 몇 걸음 앞으로 나아가다가 그만 중심을 잃고 넘어지고 말았다. 마치 절벽 아래로 추락하는 듯한 기분이었다. 지희는 본능적으로 크게 소리 질렀다.

"으악!"

마스터는 지희의 손을 재빨리 붙잡았다. 그는 마음속으로 지희가 어려움을 이겨내고 행운 끌어당기기 심상화를 무사히 마치기를 기도했다. 하지만 지희는 몸을 좌우로 흔들어 댔고, 두 다리는 부르르 떨었다. 지희의 상태가 매우 위태로워 보였다. 마스터는 그녀의 어깨를 흔들었다.

"지희 씨, 멈추세요. 이러다 지희 씨가 다칠지도 몰라요."

지희가 간신히 눈을 떴지만, 눈빛은 풀려 있었고 제정신이 아닌 듯했다. 마스터는 그녀 앞에 바짝 다가갔다.

"너무 일이 순조롭게 풀린다고 생각했는데 오산이었네요. 아카식 레코드가 이번에는 다른 방식으로 운명의 족쇄를 걸어놓고 있나 봐요. 이전에는 건물이 흔들리고, 전등이 깜빡이다가 나가면서 방해했다면, 지금은 마음의 이미지 안에서 방해를 하나 봐요. 지희 씨, 너무 힘들면 그만 하죠?"

지희 눈빛에 의식이 돌아온 듯했다.

"아… 스토어로 돌아왔군요. 마스터님, 제가 실수해서 넘어진 거예요. 이번에는 더 조심할게요. 꼭, 선우를 만나야 해요. 나를 살려준… 가엾은 선우와 다시 만나야 해요."

지희의 말투는 단호했다. 마스터는 오늘도 쉽지 않으리라는 예감이 들었다. 인간을 운명에 예속시키려는 아카식 레코드의 힘이 얼마나 집요한지 다시금 느꼈다. 마스터는 잠시 그녀에게 숨을 돌릴 틈을 준 후, 다시 행운 끌어당기기 비주얼라이제이션을 주문했다. 지희는 전보다 더 결연한 눈빛을 보였다.

"이번에는 꼭 성공할게요. 마스터님이 특별히 신경을 써주시니까, 저도 더 노력하겠어요."

천천히 지희가 눈을 감고 마음속 이미지로 빠져들어 갔다. 벚꽃 핀 윤중로가 펼쳐졌고, 지나가는 사람들도 보였으며 따사로운 햇살이 내리쬐고 있었다. 그녀는 윤중로에 서 있었다. 그렇지만 앞에도 뒤에도 자신이 애타게 찾는 선우가 보이지 않았다. 소파에 앉은 지희는 미간을 찌푸리며 선우의 얼굴을 떠올리려고 애썼다. 하지만 그 어디에도 선우가 보이지 않았다. 지희는 불안해지기 시작했다.

그 순간, 갑자기 먹구름이 몰려오더니 강풍이 불어 벚꽃나무들이 휘청거렸다. 번개가 치고 폭우가 쏟아졌다. 지희는 온몸이 흠뻑 젖었고 물에 빠진 듯이 정신이 아득해져 갔다. 그럼에도 불구하고 소파에 앉은 지희는 포기하지 않았다. 선우의 얼굴을 세세하게 떠올리며, 그와의 재회를 간절히 심상화해나갔다. 하지만 여전히 선우는 어디에도 없었고, 그녀는 몹시 고통스러웠다.

소파에 앉은 지희는 선우 얼굴을 떠올릴수록 머리가 아파왔다. 머리가 깨질 듯이 아파서 견디기 힘들었다. 그녀는 두 손으로 머리를 감싸 쥐며 비명을 질렀다.

"악!"

마스터는 크게 놀란 눈치였다. 이러다가 지희가 잘못되는 건 아닌지 걱정이 들었다. 지희를 흔들어서 눈을 뜨게 했다.

"비주얼라이제이션을 그만두세요. 심상화를 하면 할수록 지희 씨에게 고통이 오는 것 같네요. 내가 너무 미안해서 어쩌죠? 행운 나눔한다고 해놓고선 지희 씨에게 이런 고통을 주게 하다니."

지희는 고개를 푹 떨구었다. 몸의 기운이 다 빠져나간 듯 곧장 기절할 것처럼 보였다. 잠깐의 침묵이 흐른 뒤, 그녀는 고개를 들었다.

"마스터님, 포기하지 않을 거예요. 무슨 일이 있어도 나를 살리고 희생한 선우를 꼭 만나야 한다고요. 흑흑."

지희의 뺨에 눈물이 주르르 흘러내렸다. 마스터가 휴지로 지희의 뺨을 닦아주었다.

"오늘 말고도 다른 날이 있어요. 오늘은 지희 씨가 너무 힘들어 보여서 더는 계속할 수 없겠네요."

"아녜요. 방금 마음속 이미지에서 벚꽃 핀 윤중로에 제가 있었어요. 봄 내음 가득한 거리가 실제처럼 펼쳐졌어요. 이제 선우만 나타나 주면 돼요. 선우는 나를 살리고 자신은 지금 매우 위중한 상태잖아요. 지금 제 고통은 선우가 겪은 것에 비하면 아무것도 아니에요. 제가 선우를 꼭 건강한 사람으로 되돌릴 거예요."

마스터는 숙연해졌다. 곧 숨을 거둘 운명의 사람은 이미 세상을 떠난 것이나 마찬가지이므로 애초에 그와 재회하는 행운은 불가능해 보였다. 지금은 운명을 거역하고 재회의 행운을 만들어가고 있었기에, 그 길이 참으로 고되고 험했다. 마스터는 고민하다가, 지희의 불끈 쥔 주먹을 바라보았다.

"한 번 더 해보죠. 저도 곁에서 응원할게요."

지희가 고개를 끄덕이고 천천히 눈을 감았다. 서서히 선명한 벚꽃 핀 윤중로 거리가 펼쳐졌고, 지희는 그 거리에 서 있었다. 벚꽃잎이 흩날렸고, 몇 개의 꽃잎이 그녀의 얼굴 위에 떨어졌다. 그녀는 꽃잎을 손으로 털어내고 주위를 둘러보았다. 하지만 자신이 애타게 찾는 그 사람은 보이지 않았다. 지희는 또다시 불안해졌다. 소파에 앉은 지희는 두 손을 움켜쥔 채 선우의 얼굴을 떠올리며, 그가 자신에게 걸어오는 모습을 심상화했다. 하지만 선우의 얼굴조차 나타나지 않았다. 그녀는 너무나 괴로웠고, 속에서 눈물이 터졌다. 이내 마음을 다잡기로 했다. 흥분한다고 해결될 일이 아니라는 판단이 들었다. 이번에는 전보다 더 집중해야 한다고 생각했다. 선우의 얼굴을 그림 그리듯이 생생하고 구체적으로 심상화해나갔다. 그러자 아까처럼 머리가 깨질 것 같은 두통이 도졌다. 전과 같은 고통의 반복이었다. 이러다간 또다시 실패할 것 같은 느낌이 들었다.

지희는 벚꽃 핀 윤중로 거리에 선 채 두 눈을 감았다. 짧다면 짧고 길다면 긴, 자신이 살아온 스무 세 해의 삶이 파노라마처럼 펼쳐졌다. 희로애락으로 얽힌 순간들이 영화의 한 장면처럼 빠르게 스쳐 지나갔다. 어린아이가 된 지희가 들판에서 노란 민들레꽃을 바라보고 있었다. 노란 꽃은 이내 지고, 솜털 같은 홀씨가 돋아났다. 어린 그녀가 홀씨를 입으로 불자, 홀씨들이 허공에 흩날리며 날아갔다. 그 모습을 바라보던 지희는 어느새 대학생 자신으로 돌아갔다. 홀씨 하나를 붙잡자, 그녀의 몸은 가볍게 공중으로 날아올랐다. 지희는 빠르게 나이를 먹었고, 머리카락이 희끗한 자신의 얼굴이 보였다. 그러다가 노년의 지희가 작별 인사를 하듯 손짓하며 멀어져갔다. 지희는 통곡하듯이 속으로 울고 또 울었다.

실컷 울고 난 뒤, 지희는 후련한 기분이 들었다. 그다음 자신이 만나야 할 선우를 떠올렸다. 선우는 화재 때 자신이 착용한 방연 마스크를 지희에게 내주고 식물인간이 되고 말았다. 지금 선우는 생명이 매우 위독한 상태였다. 지희는 생각했다.

'아, 사랑이란 도대체 뭘까? 누군가를 살리기 위해 자기 목숨을 내어주는 게 정말 사랑일까? 나라면 그렇게 할 수 있을까? 선우 씨, 왜 나를 살리고 당신은 그토록 깊은 잠에 빠져야만 했나요? 나를 그대로 내버려 두고 선우 씨가 살아나셔야 했어요. 내가 뭐 그리 대단하다고, 나를 살리고 당신은 생의 마지막 길목에 이르게 되었나요? 너무 고맙고 … 미안해서 마음이 아파요. 그래서 지금 나는 무슨 수를 써서라도 당신과 꼭 재회하겠어요. 건강해진 당신을 꼭 만나겠어요. 그런 행운을 반드시 마주할 거예요.'

문득, 병상에 누워 있는 선우가 희미하게 떠올랐다. 그는 중환자실에서 깊은 잠에 빠져 있었고, 지희는 병상 옆에 서 있었다. 그녀는 선우를 바라보며 눈물을 흘렸다. 그리고 그의 뺨을 조심스레 쓸어주며 손을 잡았다. 그의 왼손 약지에는 여전히 커플 반지가 끼워져 있었다. 그녀는 또다시 눈물을 터뜨렸다. 지희가 "선우야, 제발 살아나야 해. 나야 … 지희야"라고 소리쳤지만 선우는 아무런 미동이 없었다.

차츰 선우의 얼굴이 희미해져 갔고 지희는 윤중로 벚꽃길에 서 있었다. 자신 때문에 선우가 세상을 떠나게 된다는 사실이 너무나 가슴 아팠고, 그가 한없이 가여웠다. 지희는 선우를 살릴 수 있다면 자신이 대신 세상을 떠나도 괜찮겠다는 생각이 들었다. 어차피 화재 때 자신은 숨을 거둘 운명이라고 여겼기에 지금이라도 자신이 대신 세상을 떠나고 선우만큼은 살아야 한다고 믿었다. 그렇게 생각하자 마음이 한결 편안해졌다. 선우를 만나야 한다는 집착이 민들레 홀씨처럼 허공에 흩어져 날아갔다. 그토록 애타게 바랐던 선우와의 재회에 대한 바람이, 한 줌의 바람처럼 스쳐 지나갔다. 사랑하는 사람에 대한 그리움, 그와 다시 만나고 싶은 간절한 마음, 그 모든 집착이 스러져갔다. 그녀의 얼굴 위로 벚꽃 한 송이가 떨어졌다. 지희는 그것을 손에 쥐고 한참 바라보았다.

"가엾은 선우야. 나를 살려줘서 고마워. 이제는 내가 너에게 보답할 차례야. 설령 내가 이 세상에 없더라도, 너는 건강하게 살아야 해. 사랑해, 선우야."

그 순간, 소파에 앉아 있던 지희에게 다시금 머리가 깨질 듯한 고통을 밀려왔다. 그녀의 코에서 피가 흘러내렸고, 의식이 까마득해졌다. 이윽고 호롱불이 꺼지고, 사방은 암흑에 잠겼다. 클로버포천스토어의 뒤편, 밤하늘에는 수많은 유성이 조용히 스쳐 지나갔다.

13

여의도 윤중로
벚꽃길에서의 재회

간밤에 봄비가 내렸지만, 지금은 하늘이 활짝 개며 화창한 날씨가 이어지고 있습니다. 여의도 봄꽃축제의 마지막 날인 오늘, 윤중로 일대는 벚꽃을 즐기려는 시민들로 북적입니다. 끝없이 이어진 분홍색 벚꽃들이 마치 다른 세상에 온 듯한 풍경을 연출하고 있습니다.

한 여성이 국회의사당역 1번 출구 밖으로 나와 한강 쪽으로 천천히 걸어가고 있었다. 여의도 봄꽃축제 마지막 날이었고, 많은 인파로 붐볐다. 그녀는 윤중로 초입에 도착해 주위를 둘러보며 예전의 기억을 되짚었다. 분명 안쪽이었던 것 같았다. 여성은 휘날리는 벚꽃비를 맞으며 걸었다. 벤치에도, 인도에도, 아스팔트에도 연분홍 벚꽃잎이 소복이 쌓여 있었고, 길 양옆으로 늘어선 벚꽃나무들의 만개한 꽃송이들은 하늘을 가릴 듯했다. 하염없이 쏟아지는 꽃비 속에서, 그녀는 마치 꿈결처럼 봄길을 걷고 있었다. 온통 벚꽃 세상이었다.

바이올렛 색상의 원피스를 입은 그녀의 중단발머리 위로도 꽃잎이 사르르 내려앉았다. 처음엔 조심스레 꽃잎을 털어냈지만, 금세 더 많은 벚꽃 비가 그녀를 감싸며 흩날렸다. 이내 그녀는 그냥 그대로 두기로 했다. 머리 위에 얹힌 꽃잎들이 장식처럼 흔들렸다. 걸음을 멈춘 여성은 기억 속 풍경을 더듬었다. 줄지어 선 벚꽃나무들 사이에서 낯익은 장면이 어렴풋이 떠올랐다. 예전에 와본 기억이 희미하게 스친 그녀는 다시 걸음을 이어갔다.

그때, 한 남성이 윤중로 맞은편에서 걸어오고 있었다. 남성은 많은 인파를 비집고 걸으며 주위를 두리번거렸다. 그러다 문득, 무언가를 떠올린 듯 한 방향으로 발걸음을 옮겼다. 흰 셔츠 자락이 봄바람에 가볍게 흔들렸다. 그의 머리 위로도 연분홍 벚꽃잎이 내려앉았지만, 그는 그것을 느끼지 못한 채 목적지를 향해 발걸음을 재촉했다. 심장이 두근거리기 시작했다. 벚꽃나무와 벤치가 눈에 들어왔다. 그는 다 왔음을 직감했다.

여성은 천천히 걸음을 멈추었다. 약속 장소에 도착했다는 걸 느꼈다. 유난히 크고 아름다웠던 벚꽃나무를 떠올렸다. 그곳이었다. 그녀는 그 나무 앞에 섰다. 그녀는 핸드백에서 손거울을 꺼내 머리와 옷에 묻은 벚꽃을 살짝 털어내며 옷매무새를 가다듬었다.

남성은 주위를 둘러보았다. 연인들의 웃음소리가 끊이지 않고 들려왔다. 그는 여성들을 유심히 살펴보았지만, 모두 커플이거나 일행과 함께였다. 그가 애타게 찾는 그녀는 아직 보이지 않았다. 그의 심장이 빠르게 뛰기 시작했다.

여성은 눈앞의 벚꽃나무를 올려다보았다. 예전에 그 나무 앞에서 사진을 찍었던 기억이 났다. 옆에 있는 벤치와 인도 그리고 멀리 보이는 한강의 풍경까지, 모든 것이 그때와 같았다. 그녀는 그 벚꽃나무 옆 인도에 서 있었다.

남성도 그 벚꽃나무 가까이 다가왔다. 많은 인파에 가려 앞을 볼 수 없었다. 그는 가만히 서 있었다.

여성은 고개를 돌려 누군가를 찾았다. 하지만 눈앞을 가득 메운 사람들로 인해 시야가 막혀 있었다. 그 순간, 바람이 불며 벚꽃비가 한차례 휘날렸고, 사람들 사이에서 "와!" 하는 감탄이 터졌다. 그와 동시에 사람들이 물결처럼 갈라지기 시작했다. 그때였다. 그녀의 눈앞에 그토록 애타게 재회하길 바라던 한 사람이 보였다. 선우였다.

남성도 마침내 사람들 틈 사이로 그녀를 보았다. 지희였다.

두 사람은 말없이 서로를 껴안았다. 그들의 머리 위로, 연분홍 벚꽃비가 내렸다. 둘은 오랜 시간 아무 말 없이 서로를 꼭 안았다. 말하지 않아도, 눈빛만으로 모든 감정이 전해졌다. 그날, 지희는 핸드백 안에 『그 여자의 세월』을 가지고 왔고, 책갈피 사이에 황금빛 일곱 잎 클로버가 있었다. 그 클로버가 아낌없이 행운을 건네주듯 은은한 황금빛을 품으며 조용히 빛나고 있었다.

CLOVER FORTUNE STORE

누군가, 황금빛 일곱 잎 클로버를 발견하길 바라며

일 년 후, 봄은 다시 돌아왔다. 여의도 봄꽃축제 기간에 지희와 선우는 윤중로 벚꽃길을 찾아서 봄 날씨를 만끽했다. 하늘은 한없이 맑고 푸르렀다. 봄꽃축제가 끝난 일요일 오후, 지희는 가방을 매고 경의선숲길까지 가볍게 걸어갔다. 그녀는 독서 모임이 열리는 연남동의 북카페를 찾아 창가에 앉은 후 밖을 내다봤다. 낙화가 늦은 벚꽃나무에서 벚꽃이 흩날리고 있었다. 그녀는 가방에서 태블릿 PC를 꺼내 글을 써 내려갔다.

재작년과 작년, 지희에게는 너무나 놀라운 일이 연달아 찾아왔다. 사랑하는 남자친구 선우와의 만남, 그리고 어느 날 갑작스럽게 선우가 연락을 끊은 것을 잠수이별로 오해하고 아파했던 일. 하지만 기적처럼 황금빛 일곱 잎 클로버를 발견하고, 클로버 포천스토어를 방문한 일과 스토어의 도움으로 병상에 누워 있던 선우가 건강을 회복해, 자신과 재회하는 행운을 얻은 일 … 모든 게 믿기 어려울 만큼 놀라운 일이었다.

다행히 선우는 완전히 건강을 되찾았고, 지금은 경의선숲길 인근에서 식당을 운영하고 있었다. 원래는 다른 식당 직원으로 일하고 있었지만, 저렴하게 매물로 나온 가게를 인수해 직접 운영하고 있었다. 새로 식당 문을 열 때, 지희는 간판과 인테리어 디자인을 도맡아 큰 도움을 주었다. 지금 이 시각, 선우는 가게에서 한창 바쁠 것이다. 그가 원하던 대로 퓨전 요리를 선보이며 손님들의 발길이 끊이지 않게 만들고 있었다.

아, 그리고 작년 여름, 선우는 약속한 대로 지희와 함께 이탈리아 여행에 다녀왔다. 3일 동안 머문 그곳에서, 둘은 지중해의 푸르르 바다 풍경에 흠뻑 빠졌다. 찬란한 햇살이 내리쬐는 해안가에서, 『그 여자의 세월』에서 나오는 장소를 찾아다니며, 둘은 사랑을 속삭였다. 둘만의 아늑하고 따뜻한, 잊을 수 없는 시간이었다.

현재, 지희는 모 중견 기업체 디자인부에서 일하고 있었다. 바쁜 출근길을 오가며 정신없이 하루하루를 보내고 있지만, 선우와는 매일 연락했고 자주 만났다. 그러다 문득, 지희는 오랫동안 잊고 있던 황금빛 일곱 잎 클로버의 존재를 떠올렸다. 두 달 전, 책꽂이에서 『그 여자의 세월』을 펼쳤는데 클로버는 더 이상 황금빛을 띠지 않고 갈색으로 바래 있었다. 며칠에 걸쳐 책을 다시 펼쳐 보았지만, 클로버는 여전히 갈색 그대로였다.

지희는 태블릿 PC에 적어내려가던 글을 마무리했다. 막연하게나마 언젠가 세상에 출판되길 바라며, 그녀는 자신이 겪은 놀라운 일을 자전 소설로 써놓고 있었다. 태블릿을 닫은 지희는 커피를 한 모금 마시고 책꽂이에서 소설책 한 권을 꺼내 자리로 돌아왔다. 불멸의 사랑을 다룬 이야기였다. 그녀는 핸드백을 열어 조심스레 일곱 잎 클로버를 꺼내 그 책갈피에 끼워 넣었다.

'행운이 간절한 누군가에게 이 클로버가 발견되면 좋겠어. 그때 다시 황금빛이 나기를 …'

지희는 그 소설책을 원래 자리에 꽂아두고 돌아섰다. 자리에 돌아와 보니, 선우에게서 톡 메시지가 와 있었다.

벌써 세 시가 다 됐네. 지금 브레이크타임인데 가게에 올래? 자기가 좋아하는 버섯 된장 파스타 해놨거든. 기다릴게.

지희는 가슴이 벅차올랐다. '금방 갈게'라고 톡을 보내고 자리에서 일어나 북카페를 나섰다. 출입구 문을 여는 순간, 벚꽃잎이 휘날리며 그녀의 어깨 위로 사르르 내려앉았다.

얼마의 시간이 흘렀다. 클로버포천스토어 뒤편 하늘로 유성이 하나 스쳐 지나갔다. 스토어 창문에는 좋은 일이 생길 것처럼 환한 불빛이 켜져 있었다. 그곳을 향해 누군가 걸어가고 있었다. 스토어 안, 안내 데스크에서 한 매니저가 자리에서 일어나 출입구로 다가갔다. 그리고 문을 열며 말했다.
"어서 오세요. 황금빛 일곱 잎 클로버를 발견하셨나 보죠?"
그는 가방에서 무언가를 꺼내 보여주었다.
"네, 연남동의 한 북카페에서 책을 꺼내 보다, 그 안에서 이걸 발견했어요."

CLOVER FORTUNE STORE

전 세계 사람들에게 공통적으로 네잎클로버는 행운의 상징입니다. 누구나 네잎클로버를 발견하면, 속으로 행운을 빌게 됩니다. 이런 점에서 저는 황금빛 일곱 잎 클로버를 발견한 사람이 신비로운 클로버포천스토어에 방문해 기적의 행운을 얻는다는 판타지를 구상하게 되었습니다. 전 세계 독자들이 마음속에 품고 있는 행운에 대한 소망이 이 소설을 통해 채워지길 바랍니다.

무엇보다 소설의 큰 줄기는 지희라는 여대생의 사랑 이야기입니다. 사실, 연애소설은 필생의 과제였고, 꼭 한번 쓰고 싶은 소설이었습니다. 오래전부터 쓰고 싶은 마음이 있었지만 여러 가지 여건이 맞지 않아 쓰지 못했습니다. 그러다 이번에 판타지 형식에 절절한 로맨스를 담아보았습니다.

제가 로맨스 서사 작품 중에서 가장 좋아하는 것은 흑백영화 〈로미오와 줄리엣〉입니다. 이 영화의 원작은 위대한 천재 극작가이자 시인인 셰익스피어의 작품이죠. 이 자리를 빌려 셰익스피어에게 경의를 표합니다. 이번 소설로 그에게 빚진 마음을 조금이나마 털어내고자 합니다.

〈로미오와 줄리엣〉은 영원한 이별을 통해 현실에서 이루어지지 못한 사랑의 완성을 보여주고 있습니다. 비극의 숭고함을 잘 표현한 작품입니다. 하지만 저는 이번 소설을 통해서 비극을 피해 해피엔딩을 추구했습니다. 영원한 이별 같은 운명의 위기 속에서도 끝내 현실에서 연인의 사랑이 완성되는 모습을 그려보고자 했습니다. 사랑은 현실에서 그 가치가 더욱 빛난다고 믿기 때문입니다.

〈로미오와 줄리엣〉을 볼 때마다 두 연인이 영원한 이별을 받아들이는 마지막 장면에서 눈물을 흘리곤 했습니다. 이번 소설을 쓸 때, 저는 지희가 고통을 참아내며 사랑하는 선우를 위해 기꺼이 자신을 희생하려는 장면에서 눈시울이 붉어졌어요. 저에게 사랑 이야기는 언제나 눈물 없이는 완성될 수 없는 서사입니다.

지희라는 여대생을 주인공으로 설정하여, 남자친구를 그리워하고 마침내 재회한다는 이야기를 써 내려가는 일은 결코 쉽지 않았습니다. 유명한 이별 노래들을 반복해서 들으며 연애 감정을 되살리려고 노력했어요. 지희라는 인물에 집중하다 보니, 실제로 한 생명을 탄생시켜서 살아가게 하고 있지 않나 하는 착각마저 들더군요. 아쉽지만 이제 지희를 제 손에서 떠나보내고자 합니다.

소설을 쓰는 동안 행복했습니다. 소설가는 소설을 쓸 때만이 '살아 있음'을 느낄 수 있다는 것을 이번에도 확인했습니다. 부디 이 소설이 많은 이들의 손길에 닿아 오래도록 마음속에 남기를 소망합니다. 클로버가 품은 행운의 기운이 이 이야기를 통해 전해지고, 지희의 사랑이 누군가의 마음을 따뜻하게 물들일 수 있기를 바랍니다. 그리고 이 책이 세상에 나올 무렵, 저는 꼭 한 번 지중해로 떠나 푸르른 바다를 보고 싶습니다.

붉은 장미 향 머금은 오월의 끝자락에서,

소설가이자 시인 **고수유**

헤세의서재

클로버포천스토어

초판 1쇄 발행 2026년 3월 1일

지은이 고수유
펴낸이 고송석
발행처 헤세의서재
표지그림 임재희
북디자인 박서은
주소 서울시 서대문구 북가좌2동 328-1 502호
전화 0507-1487-4142
이메일 sulguk@naver.com
등록 제2020-000085호(2019년 4월 4일)
ISBN 979-11-93659-06-9(03810)